江戸ねこ日和

小料理のどか屋 人情帖22

倉阪鬼一郎

時代小説

二見時代小説文庫

江戸ねこ日和《びより》――小料理のどか屋 人情帖22

目　次

江戸ねこ日和《びより》　小料理のどか屋 人情帖22・主な登場人物

時吉《ときよし》……神田横山町《よこやまちょう》の、のどか屋の主《あるじ》。元は大和梨川藩《やまとなしがわはん》藩士・磯貝徳右衛門《いそがいとくえもん》。
おちよ……時吉の女房。時吉の師匠、長吉の娘。
大橋季川《おおはしきせん》……季川は俳号。のどか屋の常連、おちよの俳句の師匠でもある。
千吉《せんきち》……時吉の長男。左足が不自由だったが名医考案の装具で走れるほどになる。
長吉《ちょうきち》……浅草は福井町でその名のとおり、長吉屋という料理屋を営む。時吉の師匠。
寅次《とらじ》……岩本町のころよりの、のどか屋の常連。三代にわたり湯屋を営む。
卯之吉《うのきち》……品川のくじら組という大工衆の棟梁。
おしん……父に代わり版木職人になるべく音松《おとまつ》親方に弟子入りをする。
初次郎《はつじろう》……おしんの父。死んだ息子に代わり大工修行に身を投ずる。
安東満三郎《あんどうみつさぶろう》…隠密仕事をする黒四組《くろよんぐみ》の頭《かしら》。甘いものに目がない、のどか屋の常連。
万年平之助《まんねんへいのすけ》…安東配下の隠密廻り同心。「幽霊同心」とも呼ばれる役目をつとめる。
青葉清斎《あおばせいさい》……腕のたつ本道（内科）医。産科医である妻の羽津《はつ》と診療所を営む。
松太郎《まつたろう》……火事で女房を亡くした鈴をつくる職人。
子之助《ねのすけ》……上野黒門町で「日和屋《ひよりや》」という猫屋を営む男。
こん……子之助の女房。娘を亡くすが夫婦で店に出て明るく振舞う。

第一章　永遠の守り神

一

「早いものね……」

と、おちよが言った。

「そうだな。もうそろそろひと月か」

厨《くりや》で仕込みの手を動かしながら、時吉《とききち》が答えた。

横山町《よこやまちょう》の旅籠《はたご》付きの小料理屋のどか屋は、二幕目に入っていた。

もと武家で刀を包丁に持ち替えた時吉と、縁あって結ばれた料理人の娘のおちよが切り盛りするのどか屋は、大火《たいか》のたびに家移《やうつ》りをしながら長く続いている。

旅籠付きの構えにしたのは横山町に移ってからだ。泊まり客には名物の豆腐飯をはじめとするおいしい朝の膳を出す。昼の膳までは飯屋だが、中休みを経て二幕目に入ると、うまい肴《さかな》と酒が出る。檜《ひのき》の一枚板の席と小上がりの座敷に常連客や泊まり客が陣取り、活《い》きのいい海山《うみやま》の幸《さち》を味わう。

いつのまにか大きくなった跡取り息子の千吉《せんきち》とお手伝いの女たち、それに、とりどりの柄《がら》の猫たち。ありがたいお客さんたちに盛り立てられながら、のどか屋はのれんを守ってきた。

だが……。

その年の冬は、どこか寂しかった。

天保《てんぽう》五年（一八三四）の師走《しわす》だ。今年は時吉と千吉が常連客の大橋季川《おおはしきせん》とともに味醂《みりん》で名高い流山《ながれやま》へ赴《おもむ》き、思わぬ出来事に巻きこまれたりした。江戸に戻ってからも、のどか屋にとってみれば大きな出来事があった。それからまもなくひと月になる。

「あの日も、今日みたいないい天気だったな」

時吉が言った。

「そうね。寝てるのかと思ったくらいで」

おちよが寂しそうに笑ったとき、旅籠の支度を終えたおけいとおそめが戻ってきた。

「今日はあったかいので、猫段になってましたよ」

おけいが笑みを浮かべて告げた。

先の大火のときに命からがら一緒に逃げたおけいは、長くのどか屋につとめてくれている。一人息子の善松《ぜんまつ》もずいぶん大きくなった。

「人より猫のほうが使ってますね、あの階段は」

おそめも笑った。

こちらものどか屋のつとめが長くなってきた。こちらも大火の縁で結ばれた小間物屋の手代の多助《たすけ》との仲はいたってむつまじい。

旅籠の二階へ上《のぼ》る階段は二つある。いったん普請《ふしん》を終えたのだが、いささか段が急すぎて年寄りには難儀だ。そこで、もう一つ外にゆるい階段をこしらえた。神社に女坂《おんなざか》と男坂《おとこざか》があるような按配《あんばい》だ。猫は上り下りを好むから、すっかり猫たちのお休み処と化していた。

「のれんを出しがてら、見てくるわ」

おちよはそう言って歩き出した。

「の」と大きく染め抜かれた真新しいのれんを出し、お客さんが来るようにと軽く柏手《かしわで》を打つと、おちよは旅籠の脇に向かった。

「あら、ほんと」

さほど広からぬ行き止まりの道から、旅籠の二階へ上る階段がある。その段で、さまざまな柄の猫が日向《ひなた》ぼっこをしていた。のどか屋の猫もいれば、近所の猫もいる。

しかし……。

おちよはふとあいまいな顔つきになった。

一匹だけ、足りなかった。

あれからまもなくひと月になる。

のどか屋の守り神だったのどかは、天寿を全うして大往生《だいおうじょう》を遂げたのだ。

二

いつものように、のどかは表に出された酒樽《さかだる》の上で眠っていた。そして、いつのまにか息絶えていた。

年老いたせいで今年の夏前から具合が芳《かんば》しくなく、いつまでもつかと案じられていたが、まさしく眠るがごとき最期だった。

のどかが初めて居着くようになったのは、文政《ぶんせい》六年ごろだった。当時はまだのどか屋は三河町《みかわちょう》にあった。

茶白の縞《しま》のある雌《めす》猫で、客にかわいがられて看板猫になった。その当時から酒樽の上で日向ぼっこをするのが大好きだった。

三河町を襲った大火で焼け出されたとき、のどかの姿が見当たらなくなってずいぶん案じたが、出世不動で再会した。倹飩箱《けんどんばこ》に入れて岩本町《いわもとちょう》の新たな見世《みせ》まで運び、また看板猫になった。

雌だからいくたびもお産をした。手元に残したのは同じ茶白の縞猫でかぎしっぽのちのだけだが、入り婿《むこ》になったやまとや、もらわれていった猫もいた。のどかのおかげで、ずいぶん猫縁者が増えた。

のどか屋の看板猫をつとめるばかりではなかった。のどかは賢くて勘ばたらきの鋭い猫だ。ここぞというときにないて危難が迫っているのを知らせてくれたりした。のどかは、まさにのどか屋の守り神だった。

その後、またしても大火に見舞われ、いまの横山町の旅籠付きの小料理屋になった。

時吉とおちよと同じく、のどかも三つの見世を渡り歩いてきた。

三河町の見世に居着くようになったときが二歳くらいだったとしても、もう十二歳くらい、江戸の猫としてはずいぶんと長命だ。跡取り息子の千吉よりも歳《とし》は上だった。

階段で思い思いに寝ている猫たちをしばし感慨深げに見ていたおちよは、何かを思い切るように歩きだした。

行き止まりの奥には干物《ひもの》の干し場がある。猫に獲られないように、干物は竿《さお》などを使って高いところに干すのが習いだ。

その手前に、小さな卒塔婆《そとば》が立っていた。

のどか

そう記されている。

字はおちよが書いた。どうしても、それだけはわが手でしてやりたかったからだ。

書いているとき、さまざまなことが思い出されてきて、目の前がぼやけて困ったものだ。

墓は時吉が掘った。ずいぶんと深い穴だった。

のどかのなきがらは、のどか屋ののれんに包んでやった。ずっと看板猫をつとめてくれた守り神だ。それくらいのことはしてやらなければならない。

念仏を唱えると、みなで少しずつ土をかけてやった。

「ありがとう、のどか」

「生まれ変わって、またのどか屋に来い」

　おちよと時吉はそんな声をかけた。

　千吉はべそをかいていた。

　無理もない。生まれてこのかた、寺子屋の朋輩《ほうばい》を除けば、身近なものの死に接したことはなかった。

「さようなら、のどか」

　千吉はそう言いながらぼろぼろ涙を流した。

　のどかは逝《い》ってしまったけれども、千吉に大事なことを教えてくれた。終《しま》いまで偉い猫だった。

　時吉とおちよは、しみじみとそんな話をした。

　おちよは如雨露《じょうろ》を持ち出し、あるところに水をかけてやった。

　のどかの墓の近くに、植えられているものがあった。

　柿の苗木だ。

　もう少し待って梅か桜を植えてやろうかとも思ったのだが、いずれ柿の木が育って実が熟れたら、のどか屋の料理に使うこともできる。

網で柿を焼くと、甘みが増す。それに上等の味醂《みりん》を回しかけて食せば、甘みが響き合ってえも言われぬ味になる。

こうして、命は続いていく。

おちよは心をこめて水を撒《ま》いた。

「おちよさん」

そのとき、声が響いた。

振り向くと、隠居の大橋季川の温顔が見えた。

三

ほどなく、旅籠の元締めの信兵衛《しんべえ》も来た。檜の一枚板の席に、常連の両大関がそろった。

「そうか。そろそろ月命日かい」

季川がそう言って、猪口《ちょく》の酒を呑み干した。

「ときどき、千吉のつれもお墓にお参りしてくれるんですよ」

おちよが告げた。

「みなにかわいがられてたからね」

信兵衛が言った。

大松屋《おおまつや》をはじめとして、この界隈《かいわい》にいくつも旅籠を持っている。のどか屋につとめているのはおけいとおそめだけだが、もう一人、おこうという娘がほうぼうを持ち回りで働いている。のどか屋が忙しいときはしばしば手伝いにきた。

「はい、お待ち」

時吉が一枚板に料理を出した。

冬の恵みの鰤《ぶり》大根だ。

脂《あぶら》ののった寒《かん》鰤の両面に塩をして四半刻《しはんとき》（約三十分）ほど置き、さっと熱湯にくぐらせて下ごしらえをしておく。大根は面取りのひと手間を加え、米を入れて下ゆでをする。

ていねいにあくを取りながら味をしみこませていき、仕上げに薬味《やくみ》を加えれば出来上がりだ。

「のどか屋らしい、やさしい味だね」

隠居が食すなり笑みを浮かべた。

「そういえば、のどかにちなんだ『のどか膳』とかは出さないのかい」

元締めがおちよに問うた。

「のどかの好物をお膳にするんですか？」

おちよが問う。

「そう。膳の名に残るじゃないか」

信兵衛が答えた。

「でも、それだとおかかめしや、魚の干物やあらや煮干しとかになってしまいますよ」

おちよがそう言って笑ったから、やや湿っぽかったのどか屋の気がやわらいだ。

「そりゃあ、わざわざ銭を払って食べる客はなさそうだね」

と、隠居。

「この子らは喜んで食べるでしょうけど」

ちょうど入ってきた親子の猫を指さして、おちよが言った。

親はしっぽだけ黒い縞のある白猫のゆき、その子は父親に似たのか醤油《しょうゆ》みたいに真っ黒な雄《おす》猫のしょうだ。

なんだにゃ、という顔で黒猫のしょうが見る。

「猫屋はあっても、猫の飯屋はないからね」

江戸の町の事情に通じている元締めが言った。

「猫屋は行ったことがありませんが、流行《はや》ってるんでしょうかね」

次の肴をつくりながら、時吉がたずねた。

「珍しい猫を何匹も飼っていて、甘味なども出すところはわりかた流行ってると聞いたよ」

信兵衛が答える。

猫屋とは、いまで言う猫カフェみたいなものだ。均一ショップなどもそうだが、江戸の世にすでに原型があったあきないは意外に多い。

「いろんなあきないがあるものですねえ」

と、おちよ。

「のどか屋も猫屋の出見世はどうだい。いまでも猫がいるんだから」

隠居が水を向けた。

「うちのはどこにでもいるような猫ばかりですから」

おちよは笑って受け流した。

ただでさえ旅籠付きで忙しいのに、とても出見世まではできない。

「まあ、のどかは逝っても、あとの猫たちが盛り立ててくれるだろうからね」

話がそこへ戻ったとき、表でわらべの声が聞こえた。

跡取り息子の千吉が帰ってきたのだ。

四

「呼び込み、ある?」

跡取り息子が訊《き》いた。

「あるよ。長逗留《ながとうりゅう》のお客さんもいないし、泊まりの約も入ってないから、千吉の働き次第」

おちよが言った。

「じゃあ、一緒に行きましょう、千ちゃん」

支度を整えたおそめが言った。

「うん。じゃあ、たくさんつれてくる」

千吉は頼もしいことを言った。

二階に五つ、一階の小料理屋の並びに一つ、旅籠の部屋は合わせて六つある。このうち、二階が「い・ろ・は・に・ほ」、一階は語呂の悪い「へ」を除いた「と」だ。

一階の部屋は足の悪い年寄りや夜遅くに酔っ払った客のために空《あ》けておくことが多かった。ただし、帰るのが大儀になった常連客の季川がそのまま泊まったりすることもある。

「帰ってきたら修業だからな」

時吉が包丁をかざした。

「忙しいね、千坊。寺子屋から帰ってきたばかりで」

元締めが笑う。

「気が張っていいから」

千吉が大人びたことを言ったから、のどか屋に和気が満ちた。

「お父さんから料理を教わったら、おじいちゃんのお見世で修業するんだからね」

おけいが言う。

「うん。それまで寺子屋も気張るよ。わたしがいちばん年上になったから」

千吉はおのれの胸を指さした。

年上だったのどかが大往生を遂げ、千吉は思うところがあったらしい。おのれがいちばん年上になったのだから、のどか屋のために気張らなければと思ったようだ。べつに猫たちまで勘定に入れることはないのだが、勘ばたらきも鋭い千吉はそういった妙な物の考え方をするところがある。

まあ何にせよ、跡取り息子としてのやる気がいちだんと出てきたのはありがたいことだ。来年の秋頃までは寺子屋に通いながら父から手ほどきを受け、その後は祖父が大勢の弟子たちとともに営む浅草《あさくさ》の長吉屋《ちょうきちや》で修業をすることに話がほぼ決まった。

「のどかに礼を言わなきゃな」

孫の考えを聞いた長吉は、目尻にしわをたくさん浮かべてそう言ったものだ。

ほどなく、呼び込みの支度が整った。

小料理　はたご

横山町　のどか屋

千吉は背丈に合わせてまた新調した半裃《はんがみしも》を身につけた。

「では、行ってまいります」

おそめが笑顔で言った。

「よろしくね」

「気をつけて」

おちよとおけいが見送る。

見世を出た千吉は、横手の奥のほうへ声を発した。

「行ってくるね、のどか」

元気に挨拶する。

のどかはまだ、皆の心の中で生きていた。

のどかは永遠の守り神だ。

五

「そのうち、のどかの祠《ほこら》でもできるんじゃねえか?」

岩本町の名物男が言った。

湯屋《ゆうや》のあるじの寅次《とらじ》だ。

「長生きして、眠るがごとき大往生だったんだからな。そりゃ、みんなあやかりてえさ」

野菜の棒手振《ぼてふ》りの富八《とみはち》が言った。

いつも御神酒徳利《おみきどっくり》で動いている二人だ。のどか屋が岩本町から横山町へ移ったあとも、ありがたいことにしょっちゅう顔を見せてくれる。

「だったら、そのうち思案しましょう」

まんざらでもなさそうな顔つきで、おちよが答えた。

「そちらの猫は達者なのかい」

一枚板の席で根を生やしはじめている隠居が問うたのは、「小菊《こぎく》」のあるじの吉太《きちた》郎《ろう》だった。

「ええ。みけもその子のしろも達者にしてます」

吉太郎は笑顔で答えた。

「岩本町がまた焼けたって聞いたときは、心の臓が縮む思いがしたけれど」

おちよが胸に手をやった。

「ほんと、火はもうこりごりで」

旅籠の支度を終えて戻ってきたおけいが言った。

「なんとかみんなで力を合わせて建て直しましたので」

吉太郎がそう言って、寒鰈《かんがれい》の塩焼きに箸を伸ばした。

江戸に火事は付きものだが、かつてのどか屋が焼け出された岩本町で今年はまたもらい火があった。湯屋は半焼けになり、細工寿司の名店に育った弟子の吉太郎の見世も建て直す羽目になってしまった。

「命さえあれば、いくらでもやり直せるものね」

　おちよが笑みを浮かべる。

「ええ。幸い、家族も達者なので」

　吉太郎が答えた。

「岩兵衛《いわべえ》もでかくなったからよ」

　寅次がそう言って、塩焼きを口に運ぶ。

　寒鰈は刺身でよし、煮物でよし、小ぶりなものは丸ごと揚げてもうまい。しかし、いちばん酒に合うのは奇をてらわない塩焼きだろう。上品な身を塩がぎゅっと締めてくれるから、こたえられないうまさだ。

「今度、おとせちゃんも一緒に来てくださいましな」

　おちよが言った。

「おう、あいつも達者だから」

　湯屋のあるじが言った。

　吉太郎の女房のおとせは寅次の娘だから、岩本町の名物男にとってみれば義理の息子になる。

「『小菊』が休みの日に、のどか屋に泊まるといいよ」

元締めが温顔で言った。

「そうですね。両国橋《りょうごくばし》の西詰には芝居小屋なども出てますし」

吉太郎は乗り気で言った。

「岩兵衛ちゃんは千吉が遊んであげられるので」

と、おちよ。

「なら、おとせに言っておきます」

吉太郎がそう答えたとき、次の肴ができた。

大根と厚揚げのほっこり煮だ。

手間を惜しまず、それぞれを下ゆでしてやるのが骨法《こつぽう》だ。これで仕上がりはがらりと変わる。

あとは大根にいい按配の色がつき、竹串がすーっと通るまでじっくり煮ていく。体の芯からあたたまる、冬場にはありがたい煮物だ。

「おいらが運んできた大根はさすがにうめえな」

富八が相好《そうごう》を崩《くず》した。

「おめえの運びじゃなくて、料理人の腕がいいんだ」

すかさず寅次が言う。

「なに、いい大根を選んで持ってきてるからで」

野菜の棒手振りはわが目を指さした。

「夫婦《めおと》と同じで、二つそろっての料理だよ。味のしみ方も煮え具合もちょうどいいね」

隠居がうまくまとめたとき、表で人の話し声がした。

千吉が客をつれて帰ってきたのだ。

六

「かわいい呼び込みさんに捕まってしまったので」

「へえ、ほんとに小料理屋と旅籠がくっついてるんですね」

初顔の二人連れがあたりを見回して言った。

「では、二階の『い』でよろしゅうございますか？」

おそめがたずねた。

「ああ、外が見えるほうがいいんで」

客は笑顔で答えた。

「湯屋でしたら、いくらでもご案内しますよ」

寅次が如才《じょさい》なく言った。

のどか屋へは油を売りに来ているだけだが、女房には湯屋の客をつれて来るという大義名分をかざしている。たまには客を案内しなければ角《つの》を出されるばかりだ。

「なら、荷を下ろして一服《いっぷく》したら」

「御開帳《ごかいちょう》は明日行くんで」

二人連れが言った。

聞けば、立川《たちかわ》からありがたい千手観音《せんじゅかんのん》の御開帳を目当てに出てきたらしい。

「御開帳はどこであるんです？」

だれとでもすぐ打ち解ける隠居が気安くたずねた。

「千駄木《せんだぎ》の観音堂《かんのんどう》っていう、わりかた新しいお堂だそうです」

「ま、行ってみりゃ分かるでしょう」

「立川まで名が響いてきたんですから。手がちょいといびつだが、ありがたいお顔の観音さまだそうで」

どちらも四十がらみの客が言った。

荷を下ろして一服してから、立川の客は湯屋のあるじたちとともに岩本町へ出かけていった。

「よし、料理の修業だぞ」

客を見送ってから、時吉は千吉に声をかけた。

「はい、師匠」

千吉がいい声で答える。

座敷が空いたのは束の間で、常連がまたのれんをくぐってくれた。

越中富山《えっちゅうとやま》の薬売りたちだ。

ありがたいことに、江戸に泊まるたびにのどか屋を定宿《じょうやど》にしてくれている。おそめと手が空いたおけいがまた呼び込みに行ったから、この按配なら今日の旅籠もあらかた埋まりそうだ。

薬売りのもとへは、ちのとゆきがひょこひょこと近づいていった。

「おお、達者か？」

「ばあちゃんはどうした？」

猫たちに問う。

「のどかは先月、亡くなってしまいまして」

おちよが告げた。

「そうかい……」

「そりゃあ、ご愁傷《しゅうしょう》さまだっちゃ」

「守り神だったのによう」

客はしんみりとした顔つきになった。

だが、大往生だったという話を聞くと、富山に帰れば猫たちが待っているという年かさの薬売りの表情がやっといくらか晴れた。

「それならまあ寿命だし、そっくりな猫に生まれ変わってきたっていう話も耳にしますからね」

「そっくりな猫にですか？」

おちよがすぐさま問うた。

「猫が死んでしばらく経ってから、屋根でなき声がするから見てみたら、おんなじ柄の子猫だったそうで」

「そりゃきっと生まれ変わりだっちゃ」

もう一人の薬売りが力強くうなずく。

「のどかも生まれ変わってくる？」

厨《くりや》に入った千吉がたずねた。

「そりゃ、千坊の修業次第だよ」

隠居が言った。

「まじめにつとめてたら、天から見てて生まれ変わってくるさ」

元締めも和す。

「うん、気張ってやる」

千吉は引き締まった顔つきで、豆腐を揚げだした。

奴《やっこ》に切って水抜きをした豆腐に片栗粉《かたくりこ》をはたいてからりと揚げる。だしつゆでもう まい揚げ出し豆腐だが、今日は梅肉だれにした。たたいた梅肉をつゆでのばし、揚げ出し豆腐にかけて食せば、まさに口福《こうふく》の味になる。

「うまいっちゃ」

座敷の薬売りがうなった。

「これで猫も生まれ変わるよ」

もう一人が次の箸を伸ばす。

ここで季川が、得意の発句《ほっく》をやにわに口走った。

　梅が香や生まれかはりの時を待ち
「さあ、付けておくれ、おちよさん」

隠居は俳諧《はいかい》の弟子に向かって言った。

「またいきなりで……」

とまどいながらも、おちよはいま運んだばかりの料理になぞらえて付けた。

　賽《さい》に刻める豆腐の白さ

「なるほど。紅白のめでたさがそろったね」

季川の白い眉がやんわりと下がった。

「料理はうまいし、俳諧も付いてる。おまけに旅籠は寝心地がいい」

「言うことなしだね、のどか屋は」

常連客が笑みを浮かべた。

第二章　江戸玉子

一

明けて天保六年（一八三五）になった。

正月は休むところが多いが、旅籠付きの小料理屋はそういうわけにいかない。初《はつ》詣《もうで》のために江戸へやってくる人々がいるから、正月はかき入れ時だ。

「正月から大変《てえへん》だな」

長吉が娘のおちよに声をかけた。

「小料理屋だけだったら、休めるんだけど」

おちよがいくらか疲れた顔で答えた。

「ま、ありがてえ話じゃねえか」

古参の料理人はそう言って厨に目をやった。

千吉がまじめな顔で鰹節《かつおぶし》を削っている。その様子を時吉と長吉がじっと見守っていた。

「のどか屋が開いてるおかげで、わたしも行くところがあるからね」

隠居の白い眉が下がる。

また一つ歳を取り、お迎えが近くなったと季川がぼやくのは、新年の風物詩のようなものだ。そう言いながらもう十年は経っている。

「よし、だいぶ腰が入ってきたな」

跡取り息子の手つきを見て、時吉が言った。

「ふう」

と、千吉が息をつく。

「これから雑煮《ぞうに》づくりがあるぜ。うめえのをつくってくれ」

孫に甘い長吉が笑みを浮かべて言った。

「はい、大師匠《おおししょう》」

千吉はいい声で答えた。

父の時吉が師匠だから、その師の長吉は大師匠だ。

「酒のお代わりを」

座敷の客が徳利をかざした。

「はい、ただいま」

おちよが答える。

相州《そうしゅう》の二宮《にのみや》から初詣に来たという二人連れだ。二宮にも川匂《かわわ》神社という古さびた格式のある神社があるのだが、今年は浅草寺《せんそうじ》と千駄木の観音堂へお参りに来たらしい。

「それから、豆腐のほかの肴を何か」

客の一人が空いた皿を指さして言った。

「承知しました。今日はお豆腐をたくさん召し上がっていただいて」

おちよが笑みを浮かべた。

朝の膳は名物の豆腐飯だ。甘辛いだしでじっくりと煮た豆腐を、ほかほかの飯にのせ、薬味を添えて崩しながら食す。まず豆腐だけを匙《さじ》ですくって食べ、しかるのちに飯とわっとまぜて胃の腑に落とす。一膳で二度、いや、葱や海苔《のり》や山葵《わさび》などの薬味を添えるたびにまたさらに違った味わいを楽しめるのどか屋の看板料理だ。

二宮から来た二人づれも、初めて食してすっかり気に入り、昼の膳に続いて酒の肴にも所望《しょもう》した。豆腐を煮たものだけでも、うまい酒の肴になる。

「なら、雑煮のほかに江戸玉子《えどたまご》もつくるか」

時吉が跡取り息子の顔を見た。

「江戸玉子？」

千吉が問う。

「そうだ。江戸の町に見立てた玉子なんだ」

時吉が軽く身ぶりをまじえて答えた。

「もとはおれが教えたんだがよ」

長吉がおのれの胸を指さした。

のどか屋と違って、料理屋だけの長吉屋は正月を長めに休む。ほうぼうから来ている弟子たちに里帰りをさせてやりたいという親心だ。見世が休みだから、いそいそとのどか屋へ来て、孫の仕事ぶりに目を細めているところだ。

座敷の客には、まずはつなぎに寒鰤《かんびらめ》の昆布締めが出た。

「うん、うまい」

「これもいいけど、正月らしいものも食いたくなったな」

「欲が深いな」

「まあ、正月だから」

二宮の客が掛け合う。

「では、黒豆や田作《たづく》り、それに紅白の蒲鉾《かまぼこ》に栗きんとんがございますが」

おちよが唄うように言った。

「栗きんとん、おいしいよ」

千吉が手を止めてにこりと笑う。

「なら、見繕《みつくろ》ってお願いしますよ」

「どれもうまそうだ」

「承知しました」

雑煮と江戸玉子の支度をしているあいだに、つなぎの肴が運ばれた。

「わたしにもおくれでないか。人が食べてるのを見ると食べたくなるものでね」

隠居が言った。

「その元気があれば、あと百年は長生きしますよ」

長吉が言う。

「それじゃ化け物だよ」

季川がそう言ったから、のどか屋に和気が満ちた。

二

一枚板の席にも肴が出た。

手間を惜しまずあくをいくたびもすくい、やわらかく煮上げた黒豆。ごまめを焦がさないようにていねいに炒《い》ってつくる田作り。品《ひん》良く結んだ縁起物の紅白蒲鉾。そして、舌ざわりのいい栗きんとん。

どれも小技《こわざ》の利《き》いた美味だ。

「うん、まあいいだろう」

弟子に厳しい長吉が、黒豆と田作りの舌だめしをしてからうなずいた。

「ほっとしました」

時吉が笑みを浮かべる。

「江戸へ来たなっていう感じがするな」

「うちの黒豆とはひと味もふた味も違う」

座敷の客は感心しきりだった。

「これ、駄目よ」

田作りに浮き足立ったちのをおちよがたしなめた。

母ののどかが亡くなったあとは、猫なりに分かるのかどうか、妙な顔つきをしていたちのだが、いまはもうすっかり元どおりだ。のどかと柄がそっくりなかぎしっぽの猫も、そろそろ十くらいだから長生きをしている。

「今年の黒豆は、ことのほかうめえような気がするな」

長吉が箸を置いて言った。

「先月、肝《きも》をつぶしたばかりだからね」

と、隠居。

「まったくで。胡椒《こしょう》や山椒《さんしょう》ならともかく、火の粉が降りかかるのは勘弁してもらいてえ」

長吉は苦笑いを浮かべた。

昨年の師走《しわす》には浅草から火が出て、駒形堂《こまがたどう》をはじめとする三百八十軒が焼けるという大火になった。福井町《ふくいちょう》の長吉屋も隠居の住まいも肝をつぶしたが、幸い無事だった。からくも火の筋を逃れたあとだけに、新年のめでたさも格別だ。

江戸ばかりでなく、どこでも火事は起きる。二宮の客も相州《そうしゅう》の火事についてひとしきり語り、その話題が一段落したところで江戸玉子づくりが始まった。

固めにゆでた玉子の殻《から》を熱いうちに剝《む》き、手早く黄身と白身に分ける。黄身には砂糖と塩少々を加え、とろっとするまで手でまぜる。

「こんな具合？　おとう」

千吉が訊いた。

いつもはよそいきで「師匠」と言っているが、気が急《せ》くと「おとう」に戻る。

「おう、いいぞ。白身は刻んでおいたから、布巾《ふきん》の上で混ぜ合わせるんだ」

「承知」

段取りは滞《とどこお》りなく進んだ。

巻き簀《す》の上に濡れ布巾を広げ、玉子をなだらかにのせる。棒の形になったら巻いて、竹紐で三カ所をしっかり留める。

これを蒸籠《せいろ》に入れて蒸《む》し、粗熱《あらねつ》が取れてから切れば出来上がりだ。

江戸玉子が仕上がるあいだ、千吉は雑煮をつくった。

「見た目も思案して盛り付けるんだぜ」

長吉が手元を見ながら言った。

「はい、大師匠」

数えの歳を一つ加えた跡取り息子が、引き締まった顔つきで答えた。

切り餅に大根、人参、小松菜、里芋、柚子《ゆず》の皮。それに、仕上げに鰹節。具だくさんで彩《いろど》り豊かな雑煮ができた。

「お待ちどおさまです」

千吉は椀を出した。

「お、出し方は心得てるな」

長吉の目尻にいくつもしわが寄った。

「両手で下から出したね」

隠居も温顔で和す。

「うん、皿や椀は『どうぞお召し上がりください』って下から出すんだよ」

千吉は得意げに言った。

料理は下から出さなければならない。ゆめゆめ、「どうだ、ありがたく食え」とばかりに上から出したりしてはならない。

それは、長吉から時吉へ、さらに時吉から千吉へと受け継がれてきた教えだった。この教えを守り、研鑽《けんさん》を惜しまなければ、料理屋ののれんはたしかに守られていく。

長吉はいままで多くの弟子を育ててきた。「吉」の名を襲った弟子たちは、それぞれの町で料理屋ののれんを出している。名店として大きく育った見世も多い。それもこれも、みなこの芯になる教えがあったればこそだ。

雑煮は座敷の客にも供された。

「こりゃあ五臓六腑《ごぞうろっぷ》が生き返るね」

「ほんに、見てよし食ってよしだ」

評判は上々だった。

雑煮が平らげられたところで、江戸玉子が頃合いになった。

粗熱が取れた棒状の玉子を切ると、切り口がことのほか美しい。黄身と白身が入り乱れているさまがまるで絵のようだ。

「なるほど、江戸の町を上から鳥の目になってながめているような按配だね」

隠居が感心したように言った。

「ああ、そうか」

「白が武家地で、黄色が町場だな」

「しろがねとこがねが混じってるような景色で、なんだかありがたいな」

二宮の客の一人がそう言って両手を合わせた。

それを聞いて、季川がまた一句詠んだ。

しろがねもこがねも降れり江戸の町

「降ってきたら、ありがてえなあ」

長吉が半ば真顔で言った。

隠居がおちよを見る。

しゃらん、と鈴を鳴らしてゆきが通り過ぎた。

鈴は鳴るなり白猫の首

おちよはそう付けた。

みなにいっせいに見られた猫は、決まりが悪くなったのか、やにわに前足をぺろぺろなめだした。

三

初詣に来たのに酔って行けなかったりしたら笑い者だと言って、二宮の二人づれは腰を上げた。

それと入れ替わるように、のどか屋の猫縁者がのれんをくぐってきた。

馬喰《ばくろ》町《ちょう》の飯屋、力屋《ちからや》のあるじの信五郎《しんごろう》と娘のおしのだ。

駕籠かきや荷車引きや飛脚《ひきゃく》など、体を使うあきないをする客に人気なのが力屋だ。飯の盛りが良く、身の養いになる料理が安く供されるから、足しげく通う常連も多かった。

食えば力が乗る小芋の煮付けなどは、いつも大皿に山盛りになっている。汗をかく男たちのために、味噌汁は辛めだ。力屋の飯を食っていれば夏場でも平気だ、とはもっぱらの評判だった。

「あ、先にお参りを」

座敷に上がる前に、おしのが言った。

「お供え物も持ってきましたので」

力屋のあるじが持参した皿に煮干しを入れた。

「さっそく狙ってますけど」

おちよが黒猫のしょうを指さす。

「おまえの……えーと、何に当たるんだっけ？」

信五郎はおしのを見た。

「のどかから数えて四番目だから、曾祖母《ひいおばあ》ちゃん」

娘はすぐさま答えた。

「そうそう、曾祖母ちゃんにお供えしてからな」

信五郎は猫に向かって言うと、おしのとともにのどかの墓のほうへ向かった。

「やっぱり祠《ほこら》があったほうがいいね」

隠居が言った。

「でけえやつはいらねえんだからよ」

と、長吉。

「石の猫地蔵でも据えてやればいいかもしれませんね」

時吉も乗り気で言った。

「猫地蔵か。つくり手が見つかればいいな」

長吉が答えたとき、力屋の親子が戻ってきた。

「早くも食われてしまいましたよ」

信五郎が笑う。

「もうちょっとあげても良かったかも」

と、おしの。

「今日はもう一軒、日和屋《ひよりや》もあるからな」

「日和屋ですか？」

茶を運びながら、おちよが訊いた。

「娘がいくたびか朋輩と一緒に行ったことがある猫屋で、正月もやってるってことなんで。うちは三が日だけ休ませてもらってますが」

力屋のあるじが答えた。

「毛の長い猫がいて、お汁粉もおいしいんです」

物怖じしない看板娘が言った。

力屋の客が男ばかりだから、たまには品《ひん》の悪い言葉をかけられたりすることもあるのだが、そんな波にもまれているうちにどんどん娘らしくなってきた。

「そう。それは楽しみですね」

「ただ……昨年の秋に、見世の娘さんが病で亡くなってしまって、だいぶ気落ちされてるんですよ」

おしのはそう伝えた。

「まだ十三だったそうで」

信五郎が言葉を添えた。

「まあ、それはおかわいそうに」

おちよはしんみりした顔つきになった。

「千吉よりちょっと上くらいですね」

時吉も言う。

「かわいそう……」

包丁の稽古の手を止めて、千吉も気の毒そうに言った。

「で、せめてもの励ましにと、日和屋へ行くことにしたんですよ。猫たちへの土産《みやげ》を提げて」

信五郎が袋をかざした。

その後はしばらく猫談義になった。

力屋にはのどか屋で飼っていたやまとという雄猫が入り婿めいたものになっている。ぶちと名を改めた猫はのどかが最初にお産をした子だから、これもだいぶ歳だが、まだまだ達者で過ごしているようだ。

日和屋という猫屋には、毛の長い珍しい猫ばかりでなく、ごく普通の猫もいるらしい。福猫という評判の猫を集めているという評判だが、娘が十三で亡くなってしまうとはとんだ不幸だ。

「暇ができたら行きたいものねえ」

旅籠の支度から戻ってきたおけいに、おちよは言った。

「そうですね。毛の長い猫ってあんまりそのへんを歩いてないので」

と、おけい。

「上野《うえの》黒門町《くろもんちょう》のお蕎麦屋《そばや》さんの角《かど》を入ったところに、『ねこ』って染め抜いた大きなのれんが出てますので」

おしのが笑顔で言った。

「なんだか猫屋の看板娘みたいだね、おしのちゃん」

隠居がそう言ったから、のどか屋に笑いがわいた。

四

翌日の二幕目、珍しい客がのれんをくぐってきた。

品川《しながわ》のくじら組の大工衆だ。

「正月は普請が休みなんで、寄らせてもらいました」

棟梁《とうりょう》の卯之吉《うのきち》が言った。

「なにぶん普請場から遠いんで、普段は行きたくても行けねえもんで」

その片腕の辰助《たつすけ》が言う。

「まあ、みなさん、お元気そうで」

おちよが笑顔で言った。

「おかげさんで」

「なんとかやってまさ」

普請が休みでも揃いの半纏《はんてん》をまとった大工衆が言った。

檜の一枚板の席には、隠居と元締め、それに今日も長吉が陣取っていた。橋向こうの弟子の見世に寄ってからのどか屋に来て、いま猪口を傾けだしたところだ。

「おう、初次郎《はつじろう》さん、大工は慣れたかい？」

その長吉が問うた。

「へい、おかげさんで」

髷《まげ》に白いものがまじった大工が頭を下げた。

「大工がすっかり板についてきたように見えるね」

隠居が顔をほころばせた。

「修業を始めて何年になるんだい?」

信兵衛が問う。

「三年が経ちました」

初次郎が答えた。

「もうそんなになりますか」

厨で手を動かしながら、時吉が言った。

「早いものだね」

千吉が大人びた口調で言ったから、大工衆が笑った。

「跡取り息子もでかくなったじゃねえか」

「そのうちおとっつぁんを追い抜くぞ」

「だんだん跡取りの顔になってきたじゃねえかよ」

座敷の客は口々に言った。

「大工の修業のほうはいかがです?」

お通しを運びながら、おちよが初次郎にたずねた。

「まあ、なんとかやらしてもらってまさ」

初次郎はいい顔で答えた。

「うちでも、もう一、二を争う腕前なんで」

棟梁が笑みを浮かべた。

「そうそう。三年どころか、三十年やってるみてえな鉋《かんな》さばきで」

片腕の辰助が身ぶりを添えて言った。

「さすがはもと版木彫《はんぎほ》りの職人だね」

隠居がうなずく。

「回り道をして、やっとここまで来させてもらいました」

初次郎は感慨深げに言った。

もとは腕のいい版木彫りの職人だった。しかし、人には魔が差すということがある。あるとき、気が短くて手を上げることもしばしばあった親方と口喧嘩になり、つい手にしていた鑿《のみ》を向けてしまった。

取り返しのつかないことをしてしまったと悔いたが、もう遅い。初次郎はあわてて逃げ、江戸を後にした。

娘のおしんは縁あってのどか屋で働いていた。もう一人、息子の初助《はつすけ》はくじら組の大工として修業に励んでいた。

しかし……。

あいにくなことに、初助は火事で亡くなってしまった。江戸へ戻ってその知らせを聞いたとき、初次郎は逆縁のさだめに慟哭《どうこく》した。版木彫りの親方の音松《おとまつ》は無事だった。初次郎がわびを入れると、親方はおのれにも非があったと昔のいきさつを水に流してくれた。

ただし、鑿を汚したことに代わりはない。版木職人に戻すことはまかりならぬ、とクギを刺すことも忘れなかった。

ここで娘のおしんが思わぬことを言いだした。父の代わりに、おのれが版木彫りの修業に入りたいと言うのだ。

おしんは弟子入りを許され、いまも音松のもとで修業を続けている。聞けば、もうかなりの腕前になり、大事な仕事も任されているということだ。

修業を始めたのは、娘のおしんだけではなかった。まだ二十歳にもならないうちに死んでしまったせがれの後を継いで、一から出直すつもりでおのれも大工の修業をしたいと初次郎が言いだしたのだ。

四十もだいぶ過ぎてから大工の修業を始める者はいない。なにしろ、棟梁の卯之吉より歳が上だ。そんな話は聞いたことがない。

棟梁はさすがに止めたが、初次郎の決心は固かった。弟子入りを許された初次郎は、それから三年、懸命に励んで腕を上げてきたようだ。昔のいきさつを知るのどか屋の面々は、初次郎がひとかどの大工になったことをこぞって喜んだ。

「では、お祝いに」

「お酒と肴を」

おちよとおけいが盆を座敷に運んだ。

ちょうど按配良く海老の鬼殻焼きが仕上がったところだった。海老の折れ曲がった姿は、腰の曲がった翁《おきな》を思わせる。長寿の縁起物だ。

背わたを抜いた海老に酒と塩で下味をつけ、末広に金串を打って香ばしく焼く。それだけで存分にうまい。

さらに、手の込んだ揚げ牛蒡汁《ごぼうじる》もできた。

すり下ろした牛蒡を、水切りをした木綿豆腐と混ぜ合わせる。つなぎに葛粉《くずこ》を入れて、塩少々を加える。これを丸めて小さな団子にし、胡麻油《ごまあぶら》でからりと揚げる。

そのままだと油っ気が汁に浮くので、湯をかけて油抜きをする。このひと手間が肝要だ。

汁はすましだ。昆布のだし汁に塩と酒、それにほんの少しの醤油をたらしてつくる。

椀に揚げ牛蒡の団子、もみ砕いた干し湯葉《ゆば》、さらに小松菜の軸や柚子の皮を入れ、すまし汁をそそげば出来上がりだ。

「こりゃ、上品でうめえな」

「書院造りの床《とこ》の間《ま》だぜ」

「品のいい丸柱でよ」

大工衆らしい評が出る。

「鬼殻焼きもうまい」

初次郎も笑みを浮かべた。

「いい按配だな」

一枚板の席で、長吉が言った。

「千吉に下ごしらえを手伝わせたんですが」

時吉がせがれを指さす。

「堂に入ったもんだ」

「これなら修業に入っても大丈夫だね」

元締めが太鼓判《へえ》を捺《お》す。

「もう修業に入るのかい」

棟梁が訊いた。

「もう少しうちで教えてから、師匠の長吉屋にお世話になるという段取りで進めてます」

時吉が答えた。

「ま、のどか屋の看板息子だから、ちょくちょく帰《けえ》してやるから」

長吉が言う。

「いつごろから入るんだい」

卯之吉がなおも問うた。

「秋くらいから」

千吉がいい声を響かせた。

正月にみなで話をして、おおよそ秋からという段取りに決まった。

修業に入るにはいささか早いが、もう満で十になるから、よその釜の飯を食ってもおかしくはない。ましてや祖父の見世だ。のどかが亡くなって「いちばんの年上」になった千吉は、いよいよ肚《はら》を固めた様子だった。

「それなら、親父さんからまだいろいろ教われるな」

初次郎が目を細める。

「寺子屋もあるから忙しいけど」

と、千吉。

「そりゃ大変《てえへん》だ」

「気張ってやりな」

大工衆が声をかけたとき、のれんが開いて二つの人影が現れた。

二宮から初詣に来た客だった。

五

ほかの旅籠の見廻りがあるからと言って元締めが腰を上げ、空いた一枚板の席に二人づれが詰めて座った。

「いかがでしたか？　御開帳のほうは」

おちよがたずねた。

今日は千駄木の観音堂の御開帳へ出かけた帰りだ。

「うーん、ありがたいのかどうか」

一人が首をひねった。

「お堂はちょっと安普請で、ほんとにここかと思ったくらいで」

もう一人もいささかあいまいな顔つきだ。

「肝心の観音さまはどうだったんだい」

長吉が問う。

「ありがてえお顔で、手もたくさんくっついてたんですが……」

「なにぶん、十数えるあいだしか見られないもので」

二宮の客は首をかしげた。

「そういう決まりがあるんだね」

と、隠居。

「そうなんで。十数えて太鼓がどんと鳴ったら、礼をして出ていかなきゃ怒られるんです」

「もっといろいろ願い事をしたかったんですがねえ」

「そうそう。ここの守り神の猫が亡くなったと聞いたもので、その冥福《めいふく》も祈りたかったんですが」

どちらも片づかないような顔つきだ。

「守り神って、のどかが亡くなったのかい？」

驚いたように棟梁が問うた。

「そうなんです。もう歳で、大往生だったんですけど」

おちよが答えた。

「そりゃあ愁傷なこった」

「風格のある猫だったのによう」

大工衆が守り神の死を悼《いた》む。

ここで時吉がふと思い当たった。

「のどかの祠の話が出ていたな、ちよ」

と、まずはおちよに言う。

「あっ、そうか」

おちよは手を打ち合わせてから、くじら組の大工衆に仔細を告げた。

のどかの墓をつくってあげたけれども、お参りができるような祠をできれば建ててやりたい。中に猫をかたどったお地蔵さまを据えたら、長寿と大往生の神さまとしてお参りしてくださる方がいるかもしれない。

「そりゃあ、いい思案だね」

話を聞いた棟梁が乗り気で言った。

「なら、おいらにやらせてくだせえ」

初次郎が手を挙げた。

「余った木で暇なときにつくりまさ。『のどか』っていう字だけ、娘に言って彫ってもらおうかと」

棟梁より年上の大工はそんな絵図面を示した。

「ああ、それはいいですね。初次郎さんがつくった祠に、おしんちゃんが字を彫ってくれれば、のどかも浮かばれるでしょう」

おちよはそう言って厨のほうを見た。

「お地蔵さんはだれがつくるの？」

千吉が問うた。

「それもそのうち、だれかいい人が見つかるわ」

「のどかには人徳《じんとく》があったからね」

と、季川。

「猫徳ですよ、ご隠居さん」

時吉がそう言ったから、のどか屋に笑いがわいた。

今日は普請がないのに、棟梁は曲尺《かねじゃく》を持ち歩いていた。さっそくのどかの墓を検分し、どれくらいの大きさの祠がいいか、地蔵の丈はどれくらいにするか、段取りはとんとんと決まった。

「良かったわねえ、のどか」

一段落ついたところで、おちよは墓に向かって言った。

「こりゃあ、柿ですかい？」

初次郎が指さす。

「ええ。食べ物が実るほうがいいだろうっていう話になったもので」

おちよが答えた。

「なら、柿が実ったらなお映えるような祠をつくりますよ」

「よろしゅうお願いいたします」

おちよは頭を下げた。

「任しておくんなさいまし。この手でいいものをつくりまさ」

子の跡を継いで大工になった男は、ほまれの指をぱっと開いた。

第三章　秩父からの客

一

「そうかい。もう秋からじいじのとこで修業かい」

檜の一枚板の席で、安東満三郎《あんどうみつさぶろう》が言った。

「そのうち、あんな凜々《りり》しい料理人になりますぜ、旦那」

万年平之助《まんねんへいのすけ》同心が厨の壁を指さす。

そこには、ひとかどの料理人に育った千吉の似面《にづら》が貼られていた。もうだいぶ古びてきたが、まだ大事に飾ってある。

縁のあったおなおという娘が描いてくれた千吉の姿に、実物も少しずつ近づいてきた。修業に出る前には髷も結うことになっているから、なおさら似てくるはずだ。

「呼び込みができるのもいまのうちだからと、今日も寺子屋から帰るなり出かけていきました」

おちよが告げる。

「小さい番頭さんがいなくなったら、客足が鈍るかもしれないね」

今日も「一枚板の置き物」と化している隠居がそんな心配をする。

「まあ、そのときはそのときで」

と、おちよ。

「そうだな。江戸の町ってのは、いつ何時《なんどき》災いが起きるか分からねえからな。一日一日を大事にしねえと」

あんみつ隠密の異名を取る男が言った。

「暮れには浅草に火が出て、肝をつぶしたよ」

隠居が言う。

「ご無事で何よりで」

「悪運が強いからね」

季川が笑って答えたとき、時吉が肴を出した。

安東満三郎には、その名がついたあんみつ煮だ。

油揚げを食べやすい大きさに切り、水と砂糖と醬油で煮ただけの簡明な料理で、顔を見てからでもすぐできるのが重宝《ちょうほう》だ。

「うん、甘《あめ》え」

いつものせりふが飛び出す。

この御仁、よほど変わった舌の持ち主で、甘ければ甘いほど好みだ。人が顔をしかめるほど甘くてもいっこうに平気で、甘いものを肴に平気で酒を呑む。

ただし、甘いのは食い物の好みだけで、悪いやつらには甘くない。知る人ぞ知る黒《くろ》四組《よんくみ》のかしらとして、これまであまたの悪党を捕まえてきた。

将軍の履き物や荷物などを運ぶ黒鍬《くろくわ》の者は、表向きは三組までになっている。さりながら、ひそかに四組も設けられていた。その神出鬼没《しんしゆつきぼつ》の隠密仕事に当たっているのが黒四組のかしらの安東満三郎だ。

「万年様には、こちらを」

時吉は万年同心に牡蠣《かき》のもろみ漬けを出した。

「おっ、酒の肴らしいのが出たな」

万年平之助がいくらか身を乗り出した。

もろみ味噌床に牡蠣の身をひと晩漬け、軽くあぶれば、こくのある酒の肴になる。

万年同心の動きは町方の隠密廻りと同じで、さまざまななりわいに身をやつして廻り方の仕事をする。今日は手慣れた薬売りのいでたちだ。

しかし、実は黒四組で、安東の配下になっている。どこに属しているかはっきりしないから、幽霊同心とも呼ばれているお役目だった。

「お役目のほうはいかがです？」

おちよが安東満三郎にたずねた。

「ま、悪いやつってのは日《ひ》の本《もと》じゅうにいるからな。身の休まる暇がねえや」

あんみつ隠密は苦笑いを浮かべた。

「いまはどのあたりを」

隠居が問う。

「まだやんわりと網を張ってるところだが、上州《じょうしゅう》や秩父《ちちぶ》あたりからきな臭え煙《くせ》が漂ってきてよ」

安東満三郎は手であおぐしぐさをした。

「江戸のほうはいまんとこ穏やかだが、さて何が起きるか」

縄張りが江戸の町場だけの万年同心が軽く首をひねったとき、表で人の話し声がした。

千吉が客をつれて帰ってきたのだ。

二

のどか屋の客は三人の僧だった。

お坊さんが旅籠に泊まるのは珍しい。松は取れているとはいえ、正月ならではだ。

「いらっしゃいまし。ようこそのお越しで」

おちよがあいさつに出た。

「お世話になります」

年かさの僧が両手を合わせる。

「江戸見物ですか？」

隠居が温顔でたずねた。

「さようです。みなで浅草寺の観音様を拝みにまいりました」

住職とおぼしい僧が答えた。

「当寺にも観音様がおられますので、その縁で」

年若い僧が笑みを浮かべる。

「朝の膳をお出ししているのですが、だしもお精進《しょうじん》にしたほうがよろしいでしょうか」

時吉はたずねた。

僧が客となれば、まずもってそこを訊いておかなければならない。ひと口に精進といっても、その戒《いまし》めの厳しさにはいろいろな度合いがある。

「いえ、だしに鰹節や煮干しを使われるのはかまいませんので」

住職が軽く片手を挙げた。

「では、葱や生姜《しょうが》などは？」

豆腐飯の薬味に用いているものだが、刺激が強すぎるからと避ける僧もいると聞いている。韮《にら》や大蒜《にんにく》などもそうだ。

「それも大丈夫でございます」

と、住職。

「味噌なども平気ですから」

「ただし、玉子はなしでお願いいたします」

二人の若い僧が和した。

「豆腐飯が名物だって言ったから、来てくださったんだよ」

千吉が胸を張った。

「さすがだな、千坊」

仲のいい万年同心が笑う。

「ちゃんと心得てるもん、平ちゃん」

千吉が気安く言ったから、のどか屋に和気が満ちた。

「では、お部屋にご案内しますので」

千吉とともに案内してきたおそめが言った。

手回しよくどの部屋がいいか訊いておいたらしい。

「こちらへどうぞ」

おけいも荷を提げて続いた。

「あの坊さんたち、どこから来たんだい」

客の姿が見えなくなってから、あんみつ隠密が千吉にたずねた。

「秩父だって言ってたよ」

跡取り息子が答えた。

「秩父だって？」

「うん」

「さっき、上州や秩父できな臭い煙がというお話をされてましたけど」

おちよがいくらか案じ顔で問うた。

「そこだけにかぎらねえかもしれねえんだが、お宝の盗《ぬす》っ人《と》が悪さをしててよ。代官所や八州《はっしゅう》廻《まわ》りがもてあましてるから、できれば助《す》けてやってくれと言われてるんだ」

安東満三郎はそう明かした。

「なら、そちらのほうへ行かれるんですか」

隠居が問うた。

「いや、もうちっと網を絞らなきゃ無駄足になるからよ。ほかにも『いろはほへと』なんぞもあるから手が回んねえや」

黒四組のかしらはそう言って、最後のあんみつ煮を口に運んだ。

いろはほへと、とは判じ物で、「に」抜け、すなわち荷抜けのことだ。

「おれは江戸だけだから、わりかた楽で」

万年同心がしれっと言う。

「手が足りねえようなら、容赦なく助っ人を命じるからな」

上役がすかさずそう言ったから、幽霊同心はうへえという顔つきになった。

三

「お坊さんなら上得意で」

野菜の棒手振りの富八が調子よく言った。

「あとで湯屋へご案内しますんで、うちで身を清めてから明日お参りに行ってくださいまし」

岩本町の名物男が笑みを浮かべた。

二階に荷を下ろしてひと休みした三人の僧は座敷に陣取った。あんみつ隠密と幽霊同心が腰を上げたのと入れ替わるように、岩本町の御神酒《おみき》徳利《どつくり》が入ってきて、隠居の隣に座ったところだ。

「湯屋も江戸見物の一つですな」

住職が言った。

「わたしは在所の出なので、湯屋へ行くのは初めてです」

若い僧が白い歯を見せる。

聞けば、秩父の巡礼の札所にもなっている名刹《めいさつ》で、住職は道明《どうみよう》といった。弟子は道文《どうぶん》と道光《どうこう》、すべて「道」の一字がつく。

「お待たせいたしました。煮奴でございます」

おちよが座敷に鍋を運んだ。

甘辛いだしつゆで煮た豆腐は、寒い時季の恵みの料理だ。

「これはおいしそうですね」

道明和尚が少し身を乗り出した。

「風呂吹き大根もつくっていますので」

厨から時吉が言った。

「金平牛蒡も」

千吉も声をあげる。

「おう、元気のいい跡取りさんだ」

「呼び込みの次は厨仕事かい。精が出るね」

道文と道光が笑みを浮かべた。

五臓六腑にしみわたる煮奴に、やわらかく煮えた風呂吹き大根に田楽味噌。料理はいたって好評だった。

「素人でもつくれそうですが、ひと味違いますね」

道明和尚がうなった。

「衣をもう一枚まとっているような按配です」

道文がうまいことを言う。

その衣が面白いのか、しょうとゆきが座敷に上がり、ちょいちょいと手を出しはじめた。

「これ、だめよ」

おちよがたしなめる。

「黒猫は見えなくなってしまうよ」

道光が笑った。

「何匹いるのです？」

和尚がたずねた。

「いまは、三匹になってしまいました。見世の名前と同じのどかという猫がずいぶん長生きしたのですが、先だって亡くなってしまいまして」

おちよが答えた。

「それはご愁傷さまでございます」

道明和尚は両手を合わせた。

「のどかは生まれ変わってくるかな、和尚さま」

料理の手をふと止めて、千吉が問うた。

「かわいがっていた猫が生まれ変わってきたという話を聞いたものですから」

おちよが言葉を添えた。

「それはあるかもしれません」

和尚は茶を啜ってから続けた。

「猫というものは、この世でさしたる罪業を重ねてはおりません。それゆえ、人より早く輪廻転生《りんねてんしょう》の糸車が廻ってもいっこうに不思議ではないでしょう」

「じゃあ、のどかも生まれ変わってくるね」

千吉の顔に喜色が浮かんだ。

「そりゃ、千坊がこんなに励んでるんだからよ」

寅次が言う。

「仏さまも見ててくれるぜ」

と、富八。

「うん。気張ってやってるから」

千吉は力強くうなずき、また手を動かしはじめた。

金平牛蒡に三河島菜《みかわしまな》の胡麻和え。千吉は時吉とともに素直な肴をつくった。

「お坊さんがた、よろしければ声をかけてくださいまし。道案内をしますんで」

湯屋のあるじが声をかけた。

「承知しました。では、あらかたなくなったところで行くかな」

和尚は弟子たちを見た。

晩は知り合いの寺でお呼ばれがあるらしい。岩本町の湯に浸かってから行けば、ちょうど按配がいいという話だった。

「では、いま食べますので」

「どれもおいしいから、すぐなくなります」

若い僧の箸が軽やかに動いた。

四

翌朝の膳は、もちろん豆腐飯だった。

「江戸へ行くと決まったら、豆腐飯が夢に出てくることがありますよ」

そう言って笑ったのは、流山《ながれやま》の味醂づくり、秋元《あきもと》家の当主の弟で、外回りのあきないを担っている吉右衛門《きちえもん》だった。

「これを食べるとほっとします」

いつも一緒に動いている番頭の幸次郎《こうじろう》が和す。

「拙僧たちは初めていただいたのですが、実に素朴で深いお味ですね」

道明和尚が感に堪えたように言った。

「さようですか。それはそれは」

「手前どもは流山の味醂づくりで、江戸へ出るたびにおいしく頂戴しております」

秋元家の二人は如才なく言った。

昨年は時吉が隠居と千吉とともに流山を訪れた。秋元家で饗応《きょうおう》を受けたばかりか、千吉が思わぬ手柄を立て、大いに名を挙げたものだ。

「こちらにはあきないで？」

和尚が問う。

「さようです。味醂は別の荷で醬油酢問屋さんに届く段取りなので、手前どもが運んでいるわけではないのですが」

吉右衛門が笑顔で言った。

「安房屋《あわや》さんからおいしい味醂が届くのが楽しみで」

おちよが言う。

竜閑町《りゅうかんちょう》の安房屋は先代からの長い付き合いだ。

「この豆腐飯の豆腐にも、流山の深い味醂の味がしみておりますので」

時吉が厨から言った。

「はい。お次、上がったよ」

その脇で、千吉がいい声をあげた。

味のしみた豆腐をすくって飯にのせる。初めのうちは崩してしまってべそをかいたりしていたが、手つきがだいぶさまになってきた。

「おお、待ちかねたぜ」

「こっちのほうに普請がある日は、前の晩から祝い酒でぃ」

なじみの大工衆が言った。

泊まり客ばかりでなく、朝の豆腐飯だけを目当てにやってくる客もいる。そのせいで、朝から合戦場《かっせんば》のような忙しさだ。まだ心もとないところはあるが、千吉が役に立つようになったおかげでずいぶん助かっている。

「普請はどちらへ?」

おちよが問うた。

「そりゃ浅草さ。駒形堂まで焼けちまってよう」

大工が答える。

「ああ、師走の火事の建て直しで」

と、おちよ。

「ご苦労様でございます」

和尚が両手を合わせた。

「そんな、お坊さんに拝まれるようなこたぁしちゃいねえや」

「おまんま食うためのつとめだからよ」

「お、そのおまんまが来たぜ。ほかほか湯気を立ててやがる」

大工の一人が白い歯を見せた。

「お待たせしました。ほかほかの豆腐飯でございます」

おちよが笑って膳を渡す。

「これを食ったら百人力よ」

「焼けた家なんぞ、あっと言う間に建て直してやらあ」

年かさの大工が二の腕をたたいた。

「拙僧たちは物見遊山で浅草寺へお参りに来ましたが、その同じ浅草で焼け出されて難儀をしている方々がいるかと思うと、申し訳ないような心持ちになりますね」

道明和尚が何とも言えない顔つきで言った。

「境内に鎮魂《ちんこん》の小さな地蔵を寄進いたしましょうか」

道文が水を向けた。

「それが良うございましょう、和尚さま」

道光も和す。

「なるほど。名人に頼めば、すぐ彫ってくれそうだね」

和尚は乗り気で言った。

そのやり取りを聞いていたおちよが時吉を見た。

長年連れ添った夫婦だ。考えていることはすぐ分かる。

いいぞ、とばかりに時吉はうなずいた。

「少し折り入ってお願いがあるのですが、いくらか時をいただいてもよろしいでしょうか」

朝の膳のきりがつき、秩父から来た僧が腰を上げようとしたのを見計らって、おちよが声をひそめて言った。

「ええ、拙僧にできることでしたら」

道明和尚は快く言った。

「では、横手の空き地で」

おちよは身ぶりをまじえて言った。

五

「なるほど、猫地蔵を」

おちよから聞いた話を呑みこみ、道明和尚が言った。

「はい。縁のある大工さんがここに祠《ほこら》をつくってくださることになっているんです」

おちよがのどかの墓のほうを指さした。

お供えのえさ皿はすぐからっぽになってしまう。のどか屋の猫ばかりでなく、近くの猫たちもこれ幸いとばかりに食べに来ているようだ。

「祠の大きさは決まっておりますでしょうか」

和尚がたずねた。

「高さは三尺（約九十センチ）、幅は二尺三寸（約七十センチ）、奥行きが二尺（約五十センチ）くらいでとお願いしておきました」

おちよは答えた。

「それなら、それにちょうどいい按配で入るお地蔵さまがよろしいですね」

「花を活けるところも要り用でしょう」

二人の弟子が言う。

「さきほど、名人にお地蔵さまをお願いするとうかがったのですが」

おちよが和尚のほうを見て言った。

「秩父には数々の名工がおられますが、石仏づくりの甚八《じんぱち》さんもその一人です。当寺にはいくたびも石仏を納めていただいておりますが、ていねいな仕事ぶりには頭が下がります」

「さようですか。その方に猫地蔵を彫っていただければありがたいかぎりです」

おちよが笑みを浮かべたとき、朝膳のきりがついた時吉と千吉が出てきた。

「秩父の甚八さんという石仏づくりの名人に猫地蔵をお願いする話の段取りを進めてたの、おまえさま」

おちよが告げた。

「祠の大きさをうかがったので、それに合わせたお地蔵さまをお願いしてまいります」

和尚は温顔で言った。

「それはよしなにお願いいたします」

時吉は頭を下げた。

「猫地蔵ってどんなの？」

千吉がたずねた。

「石で彫った招き猫だね。甚八さんも猫を飼ってるし、たしか、前にも彫ったことがあるのじゃないかな」

「あ、見たことがありますよ、和尚さま」

弟子の道文が言う。

「わたくしもございます。縁起物だということで、結構引き合いが来るのだとか」

道光も言葉を添えた。

「それだと、番が回ってくるまで少し時がかかるかもしれないわね」

おちよが時吉に言った。

「祠のほうも、手が空いたときにとお願いしてるんだ。それは仕方がないさ。とりあえず今日は、前金をお渡ししておくことにしよう」

時吉は段取りを進めた。

「ああ、そうね」

おちよはそう答えて和尚を見た。

「恐れ入りますが、甚八さんにつないでいただくわけにはまいりませんでしょうか、和尚さま」

「それはお安い御用です。これも縁でございますから」

秩父の僧は軽く両手を合わせた。

段取りは進み、石工への前金が道明和尚に託された。祠と猫地蔵ができあがれば、晴れてのどか地蔵の完成だ。

「お賽銭箱《さいせんばこ》はどうするの？」

千吉がふと思いついたようにたずねた。

「小さい地蔵だから、べつにいいんじゃないか？」

時吉が言う。

「でも、いっぱいお参りに来て、お賽銭をくれるかもしれないよ」

千吉がそう言ったから、秩父から来た僧たちが笑みを浮かべた。

「そうねえ。のどかは福猫だったし、ご利益があるかもしれないわね」

そう答えたとき、おちよの頭に発句が浮かんだ。

発句の言葉は「向こう」からだしぬけにやってくる。どこにあるとも知れぬ発句の国から俳諧師の頭の中へ、川の水が流れこんでくるようなものだ。

初春や江戸の護りは猫地蔵

そんな句が浮かんだ。

鬼門《きもん》封じなど、江戸を護る大きなお寺はある。しかし、町の人々のささやかな暮らしを護るのは小さな猫地蔵だ。

「では、小ぶりのお賽銭箱を置けるようなお地蔵さまにしていただきましょう」

道明和尚が言った。

「そうお伝えいただければ幸いです。ただ、重い物を送っていただくわけにはまいりませんね」

時吉は腕組みをした。

「だったら、おまえさまが秩父まで取りに行ったらどうかしら」

おちよが水を向けたとき、千吉が勢いよく右手を挙げた。

「わたしも行く」

元気よく言う。

「そうだな。秋から修業に入ったら、当面はどこへも行けないものな」

「うん」

千吉は力強くうなずいた。

生まれつき左足が曲がっていてずいぶん案じられた千吉だが、療治の甲斐あって歩く分にはまったく人並みになった。秩父は坂の多いところだが、いまの千吉なら大丈夫だろう。

「留守は預かるから」

おちよが胸をたたいた。

「では、甚八さんのお地蔵さまができあがったら、文を差し上げましょう」

道明和尚が笑顔で言った。

「承知しました。こちらの段取りが整い次第、秩父へうかがいますので」

と、時吉。

「お待ちしております。当寺は札所《ふだしょ》になっておりますから、道筋は分かりやすいほうかと存じます」

和尚はそう言って、手短に寺へ向かう目印などを伝えた。

これで段取りが整った。

「では、浅草寺へお参りに行って来ますので。またのちほど」

秩父の僧が言った。

「行ってらっしゃいまし」

「お気をつけて」

客を見送ったあと、おちよはふとのどかの墓のほうを見た。

そこにできるはずののどか地蔵に、人々がお参りしている図を思い浮かべる。

だが、そのとき……。

思いがけず、妙な胸さわぎがした。

お参りする人々がみな悲しそうな顔をしている図が、いやにありありと浮かんできたのだ。

暮れに浅草で火事があったせいかとも思ったが、どうにも気がかりだった。

おちよの勘ばたらきは、このたびも正しかった。

かつて住んでいた町に、またしても危難が降りかかったのだ。

第四章　涙の甘藷粥《かんしょがゆ》

一

「……半鐘《はんしょう》が鳴ってる」

おちよが真っ先に気づいた。

正月十一日の朝だ。

時吉と千吉も起き、そろそろ朝の膳の支度を始めようかというころ、風に乗って半鐘の音が聞こえてきた。

「また火事か？」

時吉が顔をしかめた。

「続くときは続くから」

おちよが案じ顔で言った。

江戸の町に火事は付き物で、のどか屋も二度焼け出されていまの横山町へ移ってきた。火の始末は念には念を入れている。おのれの見世から火を出したりしたら取り返しがつかないからだ。

江戸の火事は妙に続く。空の気が乾いているときはことに剣呑《けんのん》だ。昨年の暮れに浅草で火事があったばかりだが、また火が出てもいっこうにおかしくはなかった。

「火事はどっち?」

千吉が表に出てあたりを見た。

通りには、ほかにもちらほら人影があった。みな不安げにどこで半鐘が鳴っているのかたしかめようとしている。

「あっ、千ちゃん」

大松屋の前で、跡取り息子の升造《ますぞう》が手を挙げた。

ここも元締めの信兵衛が持っている旅籠で、内湯《うちゆ》がついているのが自慢だ。千吉とは同い年だから、いつも一緒に遊んでいる。

「どっち?　升ちゃん」

千吉が訊く。

「あっち？」

升造は指さした。

「あっちじゃ分からないよ」

と、千吉。

「神田《かんだ》のほうだな」

半鐘の音に耳を澄ませていた時吉が察しをつけた。

「また三河町とか」

おちよが眉をひそめた。

「そこまでは分からないな。鎌倉河岸《かまくらがし》あたりかもしれない」

時吉はそう言って手をかざした。

「風向きは？」

おちよが問う。

「こっち向きだが、強い風じゃないからどこかで止まるだろう」

「飛び火はしないと」

「それも分からない。風が強まらないのを祈るばかりだ」

時吉はさっと両手を合わせた。

ほどなく、いつもの顔が急ぎ足で姿を現した。

野菜の棒手振りの富八だ。

「また出ちまったぜ、火が」

そう言いながら、荷を下ろす。

「神田のほうだな」

厨に大根を運びながら、時吉が言った。

「またうちに来たら泣きますぜ」

岩本町に住んでいる男が言う。

横山町ののどか屋は難を逃れたが、去年の火事は岩本町に類が及び、湯屋と「小菊」が半焼けになって苦労をしたものだ。毎年もらい火があっては泣くに泣けない。

「また炊き出しをしないとね、おまえさん」

おちよが水を向けた。

「そりゃあ火が収まってからだ」

時吉が厳しい表情で答えた。

「飛び火するかもしれねえからよ」

富八が言う。

客も次々に起きてきた。みな不安げな顔つきだ。

「何はともあれ、お膳の支度をいたしますので」

おちよが言った。

「この風なら、ここまで火の手は来ないと存じます。どうか落ち着いて朝の膳をお召し上がりください。まもなく豆腐が煮えますので」

浮き足立った客を落ち着かせるように、時吉は告げた。

二

半鐘の音が止んだのは昼前だった。

知らせは次々にもたらされた。

燃えたのはやはり神田のほうだが、火はやっと収まったようだ。

「安房屋さんや清斎《せいさい》先生のところは大丈夫かしら」

いったんのれんをしまったおちよが言った。

先代の辰蔵《たつぞう》のころからのなじみの醤油酢問屋、安房屋は鎌倉河岸に近い竜閑町《りゅうかんちょう》にある。腕のいい本道（内科）の医者で、時吉にとっては薬膳《やくぜん》料理の師でもある青葉《あおば》清斎の診療所は皆川町《みながわちょう》だ。清斎の妻の羽津《はつ》は産科医で、千吉を取り上げてもらった。その診療所も並びにあるから案じられた。

「いずれにせよ、炊き出しの支度をしたほうが良さそうだな」

時吉が言った。

「わたしも行く」

千吉も手を挙げた。

半鐘が鳴っているから、寺子屋は休みになった。先生の春田東明《はるたとうめい》が「親御さんが案じるから帰りなさい」と言ったのだ。

「よし。なら、昼から休みにしよう」

時吉は両手を打ち合わせた。

ちょうどそこでおけいとおそめも出てきた。

長逗留の客もいるから、旅籠まで閉めるわけにはいかない。そちらのほうは二人に任せることにした。

「呼び込みはどうしましょう」

おそめがたずねた。

「焼け出された人が来るかもしれない。呼び込みはやらずに空《あ》けておこう」

時吉が答えた。

「承知しました」

おそめがうなずく。

「で、屋台では何を出すんです？」

おけいが問うた。

「今日はあいにく豆腐の余りがないから……」

時吉は腕組みをした。

「甘藷《かんしょ》はどうかしら」

おちよがすぐさま言った。

「甘藷粥《がゆ》か」

「ええ。今日も冷えるし、あったまるものがいちばんだと思うの」

「そうだな。さっそく仕込みにかかろう」

時吉はさっと腕組みを解いた。

のどかの墓がある横手には、覆いをかけた屋台が置かれていた。いざというときにはすぐ使えるように、木が腐ったりしていないか折にふれて調べている。

三

これまでいくたびも出番があった。のどか屋も二度焼け出されているから、火事で住むところをなくした心もとなさは肌身にしみて分かっている。そんなよるべない思いをしているときに味わった炊き出しの食べ物は心底ありがたかった。

その恩を返す番だとばかりに、いくたびも屋台をかついで焼け跡へ向かった。ことのほか火に弱い江戸の町だが、焼かれるたびにこうして皆で力を合わせて立て直してきた。

だれかが難儀をすれば、だれかが助ける。

それが江戸で暮らす人々の情だ。

本日、たきだしのため、ひるから休みます

はたごはやつてゐます
　　　のどか屋

そんな貼り紙を出しているところへ、元締めと隠居が連れ立ってやってきた。

「神田のほうらしいね」

急ぎ足で近づいてきた季川が言った。

「そのようです。火が消えたようなので、これから支度して炊き出しに行ってきます」

時吉が言った。

「風がほどほどで助かったね」

信兵衛が胸をなでおろすしぐさをした。

通りを飛脚が駆けていく。

ただ走るだけではなく、火事について知るところを伝えていた。

「火元は神田蠟燭町《ろうそくちょう》、三河町や皆川町が焼けちまった。鎌倉河岸も」

それを聞いて、おちよが飛び出してきた。

「皆川町もですって？」

「ああ。清斎先生の診療所が心配だ」

時吉が答えた。

「安房屋さんは大丈夫かねえ」

隠居が案じる。

「もし、飛脚さん……」

もっと詳しい話を訊こうとしておちよが声をかけたが、飛脚はもうずんずん前へ走ってしまっていた。

「炊き出しは何を?」

元締めが問う。

「いま甘藷粥の支度を始めたところで」

時吉が答えた。

「千吉も行くって言ってます」

おちよが言葉を添える。

「そうかい。気をつけてな」

元締めが言った。

「急な休みで相済みません、ご隠居さん」

時吉がわびた。

「旅籠はやってますので」

おちよも申し訳なさそうに言う。

「なんの。いくらか休んだら、福井町の長さんのところにでも行くよ」

まだまだ足腰が達者な隠居が笑みを浮かべた。

四

甘藷粥の大鍋ができた。

塩気を効かせると、芋の甘みがさらに引き出される。かなり重いが、若いころから剣術で鍛えてきた時吉なら大丈夫だ。

それに、鍋を載せて押す荷車もある。椀や匙や火を熾《おこ》す道具などを積んだ屋台を時吉がかつぎ、おちよと千吉が慎重に荷車を押していけばいい。

「なら、あとをよろしく」

おちよはおけいに頼んだ。

「気をつけて、おかみさん」

「よろしくね」

千吉は仲のいいおそめに言った。

「気張ってね」

おそめが笑う。

「では、行ってまいります」

時吉は隠居と元締めに頭を下げた。

「頼みますよ」

「行ってらっしゃい」

みなに送られて、のどか屋の炊き出しの屋台は動きはじめた。

むろん、火はまだ入っていない。粥はいったん冷えてしまうが、按配のいいところで下ろして火を熾し、温めてから椀に取り分けて供するという段取りだ。

岩本町を通り、紺屋町から神田のほうへ向かうことにした。この通りをまっすぐ進めば、三河町に住んでいたころによくお参りした出世不動に着く。大火ではぐれたのどかと再会したのも出世不動の境内だった。

湯屋の前にあるじの姿があった。

「おう、炊き出しかい？」

寅次が気づいて声をかけた。

「ええ。鎌倉河岸あたりでお粥をふるまおうと思ってます」

時吉が答える。

「うちはここでやらせてもらってます」

そう言ったのは、「小菊」のあるじの吉太郎だった。

見世の前にいくつも樽を置いて布で覆い、その上に盆を並べている。中に入っているのはとりどりのおにぎりだ。

「今日はお休みにして、焼け出されてきた方にふるまってるんです」

おかみのおとせが言った。

寅次の娘で、吉太郎の女房だ。

「まあ、おいしそうね」

おちよが笑みを浮かべた。

おかかや刻んだ沢庵《たくあん》、それに青海苔《あおのり》や胡麻をまぶしたもの。色とりどりのおにぎりが並んでいる。

「味噌汁もうめえよ」

寅次が言った。

「具は豆腐と葱と油揚げだけですが、喜んでいただいてます」

吉太郎が鍋を手で示した。

「お手伝いしてるの？」

千吉がたずねたのは、「小菊」の跡取り息子の岩兵衛《いわべえ》だった。

「うん。おにぎりもつくったよ」

大きくなった岩兵衛が答えた。

のどか屋も焼けてしまった岩本町の火事で、それまで世話になってきた人情家主の源兵衛《げんべえ》が亡くなってしまった。その「兵衛」を襲った岩兵衛はだんだん跡取り息子の面構えになってきた。

「お一ついかがですか？」

おとせがすすめる。

「いえ、それは焼け出されてきた人のためのおにぎりだから」

おちよが固辞したところへ、大八車が近づいてきた。

家財道具を積んで神田のほうから逃げてきた家族だ。みな厳しい顔つきをしている。

運んできた屋台を脇にどけ、大八車を通す。

「おにぎりいかがですか？」

「味噌汁もありますよ」

「小菊」の二人が声をかけた。

「いくらだい？」

大八車を引いていた男が疲れた顔で訊いた。

「焼け出されてきた人を相手にあきないなぞいたしません。いくらでも召し上がってくださいまし」

吉太郎がすぐさま答えた。

「腹が減っちゃあ、力も出ねえや。食ってくんな」

湯屋のあるじも身ぶりで示した。

「なら、ありがたくいただこう」

一家のあるじが息子とおぼしい男に声をかける。

あとは女房と娘の四人家族だ。聞けば、家は焼けたが怪我はなかったらしい。

「身が無事なら、いくらでもやり直せるからな」

岩本町の名物男が励ます。

「ここをまっすぐ行った横山町に、のどか屋という旅籠付きの小料理屋があります。今日は旅籠を焼け出された方々のために開けてありますので、よろしければお越しください。横手に大八車も置けますので」

時吉が伝えた。

「おまえさん……」

女房が亭主のほうを見る。

「いいんですかい？　身寄りはちょいと遠いんで」

焼け出されてきた男が乗り気で言った。

「どうぞ。これも何かの縁ですから」

「まだお部屋は空いてますし、世話をする者もおりますから」

のどか屋の二人が言うと、家族は拝まんばかりの様子になった。

「なら、われわれは神田へ」

機を見て時吉が言った。

詳しい話を訊くと、鎌倉河岸はあらかた焼けたが、竜閑町は通り一つを隔ててからくも難を免れたらしい。

火の筋ばかりではない。津波などの水の筋も、通り一つの差で明暗がくっきりと分かれてしまうことがある。

「ひとまず、安房屋さんは無事ね」

おちよが胸をなでおろした。

「出世不動は焼けましたか」

時吉が訊いた。

「あそこはなんとか無事でしたよ。前を通ってきましたから」

焼け出されてきた男が答えた。

「分かりました。では、そちらへ向かいます」

時吉はまた屋台をかついだ。

五

出世不動へ向かうあいだにも、多くの焼け出された人たちとすれ違った。

なかには泣いているわらべもいた。

詳しく訊くのは忍びないが、ことによると火事で親兄弟のだれかを亡くしてしまったのかもしれない。

「気張ってね」

そんなわらべに向かって、千吉は情のこもった声をかけていた。

「あっ、あれは？」

目のいいおちよが行く手を指さした。

「火消しさんたちだな」

時吉が言った。

ほどなく、見知った顔が鮮やかになった。

のどか屋とはなじみの、よ組の火消し衆だ。このあたりが縄張りだから、さぞや大車輪の働きだっただろう。

「おう、のどか屋さん、炊き出しかい？」

かしらの竹一《たけいち》が声をかけた。

「さようです。出世不動の前あたりでと思って来たんですが」

時吉は答えた。

「おう、あそこから先はだいぶ焼けちまったからな」

よ組のかしらが告げた。

「皆川町の清斎先生のところはいかがでしょう」

おちよが口早に問うた。

「あそこも焼けちまったが、先生がたは無事らしい」

と、竹一。

「羽津先生も？」

「神田明神《かんだみようじん》の避難所で、二人で病人を診てるって聞いたよ、おかみ」

今度は纏《まとい》持ちの梅次《うめじ》が答えた。

「ああ、良かった」

おちよは心の臓に手を当てた。

「診療所が焼けても、まずは病人を診るところから始めるんだから、ほんとに頭が下がるぜ」

よ組のかしらが言った。

「なかなかできることじゃねえ」

「なかには火事場泥棒だっているのによう」

「そんなやつらはおれらが引っ捕まえてやらあ」

火消し衆が頼もしいことを言った。

「なら、出世不動の前で炊き出しをやってますので」

おちよが言った。

「おう、頼むぜ」

「ありがてえこった」

「さすがは、のどか屋」

よ組の面々の声に送られて、のどか屋の屋台はまた動きはじめた。

六

「いま少しお待ちください。火が入ったばかりですので」

早くもできた列に向かって、おちよがすまなさそうに言った。

「横入りはいけないよ」

千吉が大人びた口調でクギを刺す。

列から思わず笑いがもれ、重苦しかった気が少しやわらいだ。

「偉《えれ》えな、坊」

「いくつだい？」

首から頭陀袋《ずだぶくろ》を提げた男が問う。

「十だから、今年は修業に出るんだよ」

千吉が答えた。

「何の修業だい？」

「料理人」

跡取り息子は胸を張って答えた。

そんなやり取りを続けているあいだに、甘藷粥がいい按配に煮えてきた。

「お待たせしました。では、相済みませんが、お一人様一杯かぎりでお願いいたします」

おちよが声をかけた。

「二列に並んでお進みください」

手を動かしながら、時吉も言う。

「はい、どうぞ」

千吉は椀と匙を渡す役だ。

「ああ、うめえ」

「あつあつで生き返るぜ」

客の顔に笑みが浮かんだ。

しかし……。

なかには何かをこらえながら黙々と匙を動かしている者もいた。煤《すす》けた顔のままの者もいる。

時吉もおちよも、あえて仔細をたずねたりはしなかった。一杯の甘藷粥の椀が励ましの言葉の代わりだ。

列に並んでいるのは、町人ばかりではなかった。

「かたじけない」

髭面《ひげづら》の浪人者が礼を言う。

焼け出された者は、みな同じように難儀をしている。その江戸の民に、のどか屋の甘藷粥は次々にふるまわれた。

「お不動さまに願《がん》を懸けておいたお粥でございます。きっとこれから運が上向くと思いますので」

残り少なくなってきたお粥の具合を見ながら、おちよが言った。

「焼け出されるのはこれで五度目だぜ。これより不運だったらどうするんでい」

職人とおぼしい男がやけ気味に言った。

いくたびも火事に見舞われる江戸の町とはいえ、たしかに五度は多い。

「でもよう、おめえさん、そのたびに生き残ってるんだから強運じゃねえか」

うしろに並んでいた男が言った。

「ああ、それもそうだな」

「物は考えようだぜ」

「身一つありゃあ、やっていけるからよ」

「こうやって助け合ってよ」

みな口々に励ます。

「頼むぜ、お不動さん」

一人が出世不動の鳥居に向かって両手を合わせた。

それを見ていたおちよの頭に、まただしぬけに発句が浮かんだ。

焼け跡や不動の恵みこの粥に

本当に祈りたい気分だった。

焼け出された人たちに幸あれかしという思いをこめて、おちよは残りの粥を木べらでかきまぜた。

「あと二十人様くらいでございます。うしろの方、相済みません」

おちよが列に告げた。

「明日もここへ運んでまいります。ご容赦ください」

時吉も頭を下げた。

「わざわざ炊き出しに来てくれたんだ。謝ることたぁねえや」

「幟《のぼり》でも立てとけば引札《ひきふだ》になるのによう」

「どこの炊き出しだい？」

一人がたずねた。

「横山町の旅籠付きの小料理屋、のどか屋でございます」

千吉が元気よく言った。

「おう、よく言えたな」

「落ち着いたら、食いに行くぜ」

「ありがとよ、坊」

焼け出された者たちから礼を言われた千吉は、花のような笑顔になった。

第五章　人情ほっこり煮

一

その後も、のどか屋の屋台は続いた。

翌日は豆腐を多めに仕入れ、飯をたんと炊いて名物の豆腐飯を出した。

「おっ、今日は豆腐飯かい」

「おれらが食いてえくらいだな」

「しばらく食ってねえからよ」

焼け跡の始末を続けるよ組の火消し衆が口々に言った。

「相済みません。まずは焼け出された方にと」

おちよがわびた。

「分かってら。ありがてえこった」

かしらの竹一の目尻にいくつもしわが寄った。

初めて豆腐飯を食す者も多かった。

住むところを無くし、よるべない思いをしているとき、寒風に吹かれながら味わう豆腐飯は、五臓六腑ばかりか、たましいにもしみるかのようだった。

なかには涙を流す者もいた。千吉が丼を渡した同じ年恰好《としかっこう》のわらべもそうだった。

「元気出してね」

千吉は声をかけた。

わらべはしゃくりあげるばかりだった。

「さ、食べて」

おちよがやさしくうながす。

わらべはこくりとうなずき、匙を動かしはじめた。

それでも涙は止まらなかった。あとからあとからあふれてくる。

ほどなく、そのわけが分かった。

「おっかあ、死んじゃった」

わらべはしゃくりあげながら言った。

「こんなうめえもの、おっかあ、もう食えねえんだ」

わらべがそう言うと、情に厚い千吉は思わずもらい泣きを始めた。

「おとうはどうしたんでい？」

「おめえ一人か？」

列から気遣う声が飛ぶ。

わらべは首を横に振った。

「長屋を、探しに行った。住むとこがないから」

わらべはそう答えた。

「すぐは見つからねえぜ」

「身寄りはねえのかよ」

声が飛んだが、わらべはまたべそをかくばかりだった。

そこへちょうど父親が帰ってきた。

「おとうが帰ってきたぜ」

「大変《てえへん》だったな」

「住むとこは見つかったかよ」

みながまた声をかける。

「どこかお救い所へでも行きまさ」

職人とおぼしい男は肩を落として言った。

「なら、おまえさん……」

おちよが時吉を見た。

「うちの旅籠にけさ一部屋空きが出たんです。焼け出された方にはただで泊まっていただいていますので、よろしければお越しください」

時吉がそう告げると、男の表情がにわかに変わった。

「いいんですかい？」

疲れの見える顔で問う。

「これも縁ですから」

「でも、ほかにも難儀をされてる方がいるのに、おいらたちだけ……」

「いいってことよ」

「遠慮することぁねえや。おめえさん、火事でかかあを亡くしたんだろ？　いの一番で情けを受け取れや」

「そうそう。旅籠でゆっくり休んでから、供養してやんな」

列からあたたかい声が飛ぶ。

「へい……」

男は袖を顔に当てておいおい泣き出した。

「おとう」

息子が半ば食べた豆腐飯を渡す。

どうやらもうのどを通らないようだ。

「……ありがとよ」

男は丼と匙を受け取ると、何かを思い切るように残りの飯をかきこみはじめた。

二

火事で女房を亡くした男は、松太郎《まつたろう》という職人だった。せがれの竹太郎《たけたろう》とともにのどか屋に身を寄せることになった松太郎は、もっぱら鈴をつくっているらしい。

「こういう鈴もつくってるんです」

疲れた息子を二階の部屋で休ませてから下りてきた松太郎は、ちのの小さな鈴を指さした。

「まあ、猫の鈴も」

おちよの顔に驚きの色が浮かぶ。

「型とか道具とかはなんとか使えそうなんで、ひと息ついたら、また気を取り直してやりまさ」

松太郎はそう言って太息《ふといき》をついた。

「命があれば、いくらでもやり直せるからね」

一枚板の席で隣り合った隠居が励ます。

鈴づくりの職人は黙ってうなずき、注がれた猪口の酒を苦そうに呑んだ。

「鈴というと、神社の鈴などもつくられてるんでしょうか」

厨で手を動かしながら、時吉が言った。

小料理屋のほうはのれんを出していないから、常連中の常連の季川と信兵衛しかいない。食材もあまり入っていないが、とりあえず人参と大根と厚揚げで煮物をつくることにした。

「ほうぼうの神社の鈴をやらせてもらってます。ちっちゃい祠なんかのも」

松太郎は答えた。

「だったら、のどかの祠の鈴もお願いしたらどうかしら」

おちよがさっそく水を向けた。

「ああ、それはいいね」

隠居がすぐさま言う。

「のどかの祠と言いますと？」

鈴づくりの職人が訊いた。

「ずっとうちの守り神だったこの子のおっかさんが去年亡くなったので、横手に祠を建ててあげようという話が進んでるんですよ」

毛づくろいをしているちのを指さして、おちよが答えた。

「その守り神の名が、見世と同じのどかでして。祠をつくっていただく大工さんも、中に入れる猫地蔵の石工さんもあたりがついてるんですよ」

時吉が言葉を添えた。

「これで鈴が加われば、もう言うことなしだね」

隠居が笑みを浮かべた。

「さようですか。ただ、焼け出されたばかりなので……」

「急ぐ話じゃないんです。猫地蔵は秩父の石工さんにお願いすることになっていて、仕上がるのはだいぶ先ですから」

おちよが言うと、松太郎の表情が少しやわらいだ。

「それなら、喜んでやらせていただきます」

ここで煮物が頃合いになった。

人参と大根と厚揚げのほっこり煮だ。

何も奇をてらったところのないまっすぐな煮物を口に運ぶと、長年連れ添ってきた女房を亡くしたばかりの男の目尻からほおにかけて、ひとすじの水ならざるものがしたたった。

「……忘れません」

と、松太郎は言った。

「この煮物の味を、一生忘れることはないでしょう」

焼け出されてきた男はしみじみと言った。

「人情の味だからね」

隠居が言う。

「心にしみるよな」

元締めも和す。

松太郎はほっと一つ息をついた。

そして、料理に向かって静かに両手を合わせた。

三

ほっこり煮が好評だったから、翌日の屋台の大鍋にした。

豆腐飯もいいが、数にかぎりが出てしまうのが泣きどころだ。その点、具だくさんのほっこり煮なら、具や調味料を継ぎ足しながら屋台でもつくり足すことができる。

「はい、お待たせー」

いい声をあげたのは、時吉でもおちよでもなかった。

千吉でもない。

炊き出しの屋台を手伝っていたのは、鈴づくりの職人の松太郎だった。

旅籠の宿賃代わりに、ぜひとも屋台を手伝いたい。手を動かしていたほうが気がまぎれるからと言って、松太郎も加わることになった。

息子の竹太郎はまだめそめそしてるから、おけいとおそめに世話を頼んで、一緒にここまで来た。

「ほっこり煮えてるよ」

笑顔で椀を渡す。

「おお、毎日食ってるけど、日替わりなのがいいやね」

「そろそろ落ち着き先を思案しねえとな」

「大根食ってて思い出したんだが、小梅村《こうめ》に知り合いがいたんだ」

「なら、そこを頼っていきゃあいいさ」

「おう、そのつもりだ。畑仕事でも何でもやるぜ」

そんな調子で、焼け出されて打ちひしがれていた神田の人々の顔にも笑みが少しずつ戻ってきた。

懐かしい顔も屋台に現れた。

鎌倉町の半兵衛《はんべえ》親分は、あいにくなことに焼け出されてしまったようだ。ただし、遅く所帯を持った女房と子は無事だったと聞いて、時吉もおちよも胸をなでおろした。

「女房の郷里《さと》は田端《たばた》村なので、しばらくはそちらへ身を寄せます」

相変わらず隙のない着こなしの十手《じって》持ちが言った。

さすがにいくらか老けたが、それでも男の色気は存分に漂ってくる。かつては評判の男っぷりだった親分だ。

「さようですか。このたびはとんだことで」

おちよが言った。

「わが身も身内も無事だったので、それにまさることはありませんや」

半兵衛親分は渋く笑うと、千吉の頭に手をやった。

「大きくなったな、千坊」

「うん、背丈も伸びたよ」

千吉が答える。

「足も良くなったので、ここまで歩いてきてるんです」

と、おちよ。

「おお、そりゃ良かった」

「秋から料理の修業に出るんだよ」

千吉が伝える。

「お祖父《じい》さんのところですが、本人がやる気になってきたので」

時吉が言った。

「そうかい。いい料理人になりな」

いなせな親分はそう言って、また千吉の頭を軽くなでた。

竜閑町の安房屋からは差し入れがあった。

のどか屋の常連だった辰蔵の跡を継ぎ、かえって身代を大きくしているあるじの新蔵は、若い衆とともに味醂や醤油や水を屋台に届けてくれた。

「助かります。これで継ぎ足しができます」

時吉は礼を述べた。

「なんの。お役に立てれば」

醤油酢問屋のあるじらしい恰幅《かっぷく》になってきた新蔵が言った。

「ご家族はお達者で？」

おちよが問う。

「おかげさまで、子供たちも達者にしております。このたびも、火の手からからくも逃れることができて、ありがたいことでした。あ、それで……」

新蔵はひと息置いてから続けた。

「のどか屋さんともゆかりが深い皆川町の清斎先生の診療所が焼けてしまったとうかがって、これから神田明神のお救い所へたずねていこうと思ってるんです」

「お見舞いに行かれるのですか？」

おちよがたずねた。

「もちろん、それもございますが、手前どもの蔵を去年立て直したあと、古い蔵がそのままになっているんです。そのうち取り壊して、長屋でも建てようかと思案していたのですが、このたびの火事で何か町に御恩返しをしたいと存じまして」

しっかりとした顔つきで、安房屋のあるじは言った。

「そうしますと、清斎先生と羽津先生の診療所をそちらに？」

大鍋の按配を見ていた時吉が問うた。

「もし両先生のお許しを得られましたら、手前どもの地所へ移っていただければと思案した次第で」

「まあ、それは良いことですね」

おちよの表情がぱっと晴れた。

「診療所が再開できれば、近くに住む人たちも安心ですね」

時吉も笑みを浮かべた。

「具合が悪くなったら、すぐ診てもらえるよ」

千吉も言う。

「坊っちゃんのおっしゃるとおりです」

新蔵が白い歯を見せた。

「手前どもも安心ですので、ぜひ来ていただければと。取り急ぎ、これからご挨拶にうかがってまいります」

「どうかくれぐれもよしなにお伝えくださいまし」

おちよが頭を下げた。

「落ち着いたら、のどか屋にもお越しくださいましと」

時吉も和す。

「承知いたしました。伝えてまいります」

安房屋のあるじは深々と一礼した。

四

鈴づくりの松太郎とせがれの竹太郎は、三日泊まってからのどか屋を去った。

火事で亡くなった女房の骨を実家《さと》の滝野川《たきのがわ》村へ届けにいくという話だった。

「気の重い役目ですが、致し方ありません。畑があるので、しばらく身を寄せさせてもらって、仕事場の片づけと得意先回りに戻ってくるつもりです」

松太郎はそう言った。

「どうかお達者で。祠の鈴は急ぎませんので」

おちよが見送る。

「達者でね。元気出してね」

千吉は竹太郎に言った。

「うん」

竹太郎は笑顔で答えた。

おっかさんを亡くして泣きどおしだったわらべも、深い涙の谷を渡って、やっと笑みを浮かべられるようになった。

「なら、祠の鈴は気を入れてつくらせていただきますので」

松太郎は二の腕をぽんとたたいた。

「どうかよしなにお願いいたします」

「楽しみにしております」

のどか屋の二人が頭を下げた。

二幕目に入ると、次々に客がのれんをくぐってきた。

一枚板の席に隠居と元締めが座り、座敷にはよ組の火消し衆が陣取った。

「火事場の片づけはきりがついたかい」

隠居がかしらの竹一にたずねた。

「とりあえずは一段落でさ、ご隠居」

「しばらく寝ずにやってたもんで、ゆうべは倒れるように寝ちまいましたよ」

纏持ちの梅次が言った。

「しょうがねえや、兄ィ」

「おれら、火消しだからよ」

「ま、消せる火はあんまりなくて、燃え移らねえように家をたたきこわしてるばっかりだがよ」

若い衆が口々に言う。

「いや、その働きが何よりなんだ。火の筋さえ止まれば、風で飛び火しなきゃ大火にはならないんだから」

信兵衛が旅籠の元締めらしく力をこめて言った。

「うちに身を寄せて来られた皆さんも、それぞれの身寄りを頼って行かれましたから、また新たな船出ですね」

酒と料理を運びながら、おちよが言った。

今日の昼の膳は、屋台で好評だったほっこり煮を主役にした。干物と味噌汁で脇を固めた膳は好評のうちに売り切れた。

余った煮物はあたため直して酒の肴にした。冷えても味がしみて存分にうまいが、今日も外は風が冷たい。あたたかいものが身にも心にもしみる。

「うまいね。……人情もしみて人参ほっこり煮」

隠居がさりげなく発句を披露する。

「……やがて根を張る人の暮らしよ」

おちよが即興で付ける。

「また根も張るさ。みなそれぞれの暮らしによ」

竹一がしみじみと言う。

「値が張るのは願い下げですがね、かしら」

梅次がうまいことを言った。

「ここは値が張らなくてうまい料理ばかりだから」

と、隠居。

「では、その値が張らなくておいしいお料理です」

おちよがそう言って、座敷に土鍋を運んでいった。

中身は狸汁《たぬきじる》だ。

と言っても、狸の肉が入っているわけではない。それに見立てているのは蒟蒻《こんにゃく》だった。

蒟蒻を食べやすい大きさに切り、胡麻油で香ばしく炒め、味噌仕立ての汁で煮る。ここにおからを加えると風味も野趣も増す。仕上げにささがきの牛蒡《ごぼう》を加えてなじませれば、寒い時分にはありがたい狸汁の出来上がりだ。

「狸のいねえ狸汁か。こりゃ粋《いき》じゃねえか」

よ組のかしらが言った。

「本物の狸の肉は臭いので、こちらのほうがいいです」

時吉が厨から言った。

「ささがき、上手になったよ」

千吉が胸を張った。

「腕が上がってるな」

元締めが笑う。

「でも、こないだ鮟鱇《あんこう》のつるし切りをやらせてみたら、おじけづいてましたが」

「そりゃ、まだちょいと荷が重いよ、時さん」

今度は隠居が笑った。

五

「まだお地蔵さんはできないのかなあ」

千吉がぽつりと言った。

「桜の花が咲く季節くらいじゃないかしら」

おちよが言う。

「祠もまだだからな。お地蔵さんだけできても、入れるところがないじゃないか」

時吉はそう言って、高野豆腐のだしの具合を見た。

秩父の僧たちが泊まってくれたのを機に、精進ものにも力を入れるようになっている。椎茸と梅干しでだしを取れば、存外に深い味になるものだ。

「でも、秋から修業だから、ほうぼうへ行ってみたいよ」

人参のかつら剝きをしながら、千吉は言った。

「なら、近場につれてってもらえ。見世物とか芝居とか御開帳とか、いろいろやってるじゃねえか」

長吉が言った。

今日は見世が休みだから、例によっていそいそと孫の顔を見にやってきた。

「うーん、でも、秩父へ行きたいな」

器用に包丁を動かしながら、千吉が言った。

「昨日の御開帳はなかなか良かったよ」

「そうそう。仏様の向背《こうはい》が金色《こんじき》でね」

座敷の客が言った。

青梅から江戸見物に来た二人連れだ。昨日は千駄木の観音堂の御開帳に行き、今日は浅草寺にお参りするらしい。

「観音堂というのは、前は千手観音だったところだね」

一枚板の席から隠居が言った。

「そうなんですか」

「いろんなありがたい仏様を見せてくださるんですね」

客の一人が両手を合わせる。

「出かけるのなら、力屋さんが言ってた猫屋さんはどうだい」

時吉が水を向けた。

先日、また力屋の信五郎と娘のおしのが来てくれた。おしのは折にふれて猫屋の日和屋に通っているようだ。

「うん、じゃあ、猫屋さんへ」

千吉は乗り気で言った。

「ついでにほうぼうで舌だめしもして来な。それも修業のうちだから」

と、長吉。

「はい、大師匠」

千吉はいい声で答えて、また包丁を動かしだした。

座敷の客の蛤吸《はますい》い鍋があらかたなくなったところで、肴が次々に出た。

まずは千吉がかつら剝きしていた人参を使った金平牛蒡だ。

今日は味の濃い山牛蒡を使った。たれをかけながら胡麻油で炒ると、何とも言えず香ばしい仕上がりになる。

山牛蒡とかつら剝きにしてから細く切った人参を合わせ、仕上げに白胡麻と一味《いちみ》唐辛子を振ると、なかなかに小粋な酒の肴になる。

「もう十年も修業してるみてえな肴をつくるじゃねえか」

さっそく味わった長吉の目尻が下がる。

「やっぱり時さんの血だねえ。筋がいいよ」

隠居もほめる。

「いや、母方の血でしょう」

時吉はちらりとおちよを指さして言った。

このところはめったに厨に立たないが、いざ包丁を握らせれば、細工物では水際立った手わざを見せる。

「気張ってるから」

千吉が胸を張った。

このところは呼び込みをおそめとおけいに任せて、寺子屋から帰るなり厨に入って修業をしている。おかげで腕はさらに上がっていた。

「おう、その調子でやんな」

長吉は上機嫌で言った。

「なら、そのうち猫屋さんへ一緒に行きましょう。秩父はおとうと一緒に行くんだから、猫屋はおかあと」

おちよが言った。

「うん、楽しみ」

千吉は元気よく答えた。

六

座敷の客が腰を上げてまもなく、また二人の客がのどか屋ののれんをくぐってきた。

「まあ、清斎先生に羽津先生」

おちよの顔がぱっと輝いた。

「おお、これはこれは、大変でしたねえ」

隠居が言った。

「ご無沙汰しております。どうにか助かって、診療所を再開する目途《めど》も立ちましたので」

総髪の医者が頭を下げた。

「それは何よりです。安房屋さんからお話はうかがいました」

時吉が笑みを浮かべた。

「まあ、かけてくださいましな」

長吉が手で空いたところを示した。

何を思ったか、ゆきがぴょんと先に飛び乗る。

「おまえじゃないよ」

千吉が声をかけたから、のどか屋に和気が漂った。

「ちょっとどいてね……あら、この子、来月にはお産をしますね」

ゆきを土間に置いた羽津が気づいて言った。

「そうなんですか。ちっとも気がつかなかったです」

おちよが目を丸くする。

「あんまりおなかが目立たないけど、お産をしますよ」

産科医が猫を見て言う。

「人ばかりじゃなく、猫も分かるんだね」

長吉が感心したように言った。

「子を産むところは同じですから」

羽津は笑って答えた。

「えらいね、ゆきちゃん。しっかり産むんだよ」

おちよは猫の頭をなでてやった。

「また引き取り先を探さなければなりませんね。のどか屋の猫は福猫だから、引く手あまたでしょうが」

清斎がそう言って、湯呑みの茶を口元にやった。

「福猫といえば、のどかはご愁傷さまで」

羽津が両手を合わせた。

「もうずいぶんな歳で、昼寝をしながらの大往生でしたから」

と、おちよ。

「のどか地蔵もできるんだよ」

千吉がそう言って、ひとわたりいきさつを伝えてるあいだに、高野豆腐《こうやどうふ》と若布《わかめ》の煮物ができた。

薬膳の理《ことわり》については、かつて清斎から詳しく教えられている。その理にかなった料理だ。

「相変わらずほっこりしますね、のどか屋さんの料理は」

本道の医者が笑みを浮かべた。

「ほんと、甘すぎず辛すぎずのいいお味で」

産科医も和す。

「で、診療所は並びに建てられるんですかい？」

長吉が問うた。

「ええ。存外に奥行きがあって、手前がわたし、奥が産院というふうに、並びでやらせていただくことになりました」

清斎が告げた。

「それはまことに重畳《ちょうじょう》だね。いつくらいからで？」

隠居が訊く。

「桜の季節に間に合うかどうかといったところです。手伝ってくれていた弟子も無事だったので、あとは療治の道具と薬などの手配ですね。薬草づくりなどは一からやり直しですが」

総髪の医者は答えた。

ここでまた料理ができた。

煮大根の平鍋焼きだ。

大根をだしで煮て味をつけておく。そのままでも食べられるが、いくらか物足りないという按配の味にしておくのが肝要だ。煮加減は、竹串がすーっと通るくらいにしておく。

これを平たい鍋で焼く。

胡麻油をたっぷり使い、まずは両面をこんがりと焼き上げる。

いい按配に焼き色がついたところで、仕上げに醬油を回し入れる。鍋肌から入れて醬油を焦がし加減にするところが骨法《こっぽう》だ。

仕上げに黒胡椒と青海苔を振れば、外はかりっ、中はさくっとした煮大根焼きができあがる。

「これも千吉ちゃんが手伝ったのかい?」

清斎がたずねた。

「うん。皮むきと面取りからやったよ」

千吉は力強く答えた。

「ほんに、立派になって」

羽津が目を細める。

「危ないところを助けていただいた子が、いつのまにかこんなに育つものなんですねえ」

おちよがしみじみと言った。

名医と称された片倉鶴陵《かたくらかくりょう》の薫陶《くんとう》を受けた羽津がいたからこそ、早産だった千吉もおちよも助かったのだ。

「うちで修業したら、もっと育つさ」

長吉の目尻にいくつもしわが寄る。

「よしなにお願いします、大師匠」

千吉はひときわいい声を発した。

第六章　日和屋へ

一

「なら、気をつけてな」

時吉が片手を挙げた。

「おとうも」

千吉が答える。

「ゆっくりしてきな」

時吉はおちよに言った。

旅籠は長逗留の客がいるから閉めるわけにはいかない。朝の膳も宿賃のうちだから出さなければならない。

しかし、小料理屋のほうは、月に二度、昼と二幕目を休むことがあった。おちよは働きづめだから、たまには休みも入れないと身がもたない。

「あいよ」

おちよは笑顔で答えて、手にした紙袋をかざした。

中身は煮干しだ。

そんなものを提げているのにはわけがあった。かねてより千吉が行きたいと言っていた上野黒門町の猫屋、日和屋へ出かけることにしたのだ。

旅籠のほうはおけいとおそめに任せてある。時吉は調理道具や器などをあらため、いい品があったら買ってくる肚《はら》づもりだ。

時吉と別れたおちよと千吉は、いろいろな見世をながめながら上野黒門町へ向かった。

「猫がこっちを見たよ」

千吉が指さした。

「煮干しがいっぱい入ってるから、においで分かったのよ」

おちよがおかしそうに言う。

「どんな猫がいるのかな?」

千吉が小首をかしげた。

「毛の長い変わった猫がいるんだって。力屋のおしのちゃんが言ってた」

「お汁粉もおいしいんだよね」

跡取り息子の瞳が輝く。

「甘いものだってお料理のうちだから、いろいろ覚えていかないとね」

と、おちよ。

「うん、あんみつさんみたいなお客さんもいるから」

千吉は答えた。

「あれほど甘いものがお好きな人はあんまりいないだろうけど」

おちよが笑みを浮かべる。

このあいだふらりとのれんをくぐってきた万年同心によると、あんみつ隠密はさまざまな悪事を追っていてなかなか忙しいようだ。

「あっ、あそこにお蕎麦屋さんがあるよ」

千吉が行く手の看板を指さした。

手打そば

酒とどのふ

そう記された箱看板が角《かど》に出ている。

「そこを曲がったところね」

おちよがいくらか足を速めた。

つゆのいい香りが漂う蕎麦屋の角を曲がり、広からぬ道に足を踏み入れると、ほどなく日和屋ののれんが見えた。

「あった！」

千吉が指さす。

「のどかの毛色とおんなじ」

おちよが笑みを浮かべた。

明るい茶色ののれんに日が当たっている。

ねこ

そう染め抜かれた文字は、猫が丸まって日向ぼっこをしているように見えた。

二

「わあ、変わった猫」

千吉が声をあげた。

「そうね。毛がふさふさしてる。……おいで」

おちよはたぬきみたいな毛色の猫に手を伸ばした。

さすがに猫屋の猫で、人には慣れている。おちよの指をくんくんしたかと思うと、たぬきみたいな猫はひょいと飛び乗ってきた。

「まあ、かわいい」

おちよが目を細める。

「向こうにも毛の長い猫がいるよ」

千吉が指さした。

さすがに猫屋で、料理屋とはつくりが違った。小上がりの座敷が両側にしつらえられており、客と見世の者は花茣蓙《はなござ》を敷いた真ん中の路を通る。

その突き当たりに「日和屋」と染め抜かれた小ぶりののれんが掛かっている。奥は厠と厨になっているようだ。

つくりが風変わりなのは壁際だった。互い違いの棚がしつらえられ、猫たちがひょいひょいと上り下りできるようになっているのだ。なかには紐が吊り下げられ、猫が遊べるようになっているところもある。

千吉が指さした三毛猫も、棚の高いところで悠然としていた。数えてみると十匹あまりいる。なかには普通の猫もいるが、毛の長い珍しい猫のほうが多かった。

ほどなく、奥からあるじがあいさつに出てきた。

「本日はようこそのお越しで」

三十代の半ばくらいだろうか、猫の耳をかたどったものを頭に付けた男がにこやかに言った。

「力屋のおしのちゃんに聞いて、息子と一緒にまいりました。のどか屋のちよと申します」

「跡取り息子の千吉です」

千吉も元気よく挨拶する。

「これは、しっかりした跡取りさんですね」

あるじはそう言うと、おちよのほうを向いた。

「手前はあるじの子之助《ねのすけ》と申します。鼠が猫屋をやるようになったんですから、分からないものですね」

もういくたびも同じことを言っているのだろう。子之助は流れるように言った。

ちょうどそこへ、客の勘定を終えたおかみがやってきた。

「ようこそ日和屋へ。おかみのこんでございます」

おかみのおこんが頭を下げた。

こちらは櫛に猫耳がついている。

「あるじが鼠なら、おかみは狐で」

子之助が笑う。

「狐や狸みたいな猫もおりますので、どうぞごゆっくり」

おこんも笑顔で言った。

去年、十三歳の跡取り娘を亡くし、ずいぶんと意気消沈しているという話だったが、さすがに客相手のあきないで、そのような悲しみの影は漂わせていない。

「お汁粉にお団子もございますので」

子之助が如才なく水を向ける。

「はい、どっちも」

千吉がさっそく手を挙げた。

餌《えさ》を入れたとたんに食いつく魚のようだ。

「お汁粉とお団子なら、猫が食べたりしませんものね」

おちよが言う。

「ええ。そのあたりも思案して甘味とお茶にしたんですよ」

おこんが愛想よく言った。

「では、猫と遊びながらお待ちくださいまし」

あるじが一礼して去っていった。

ほかにもわらべ連れの客がいた。猫じゃらしを振って歓声をあげたりしているからにぎやかだ。

勘定場では、おかみの手づくりとおぼしい猫じゃらしや、あるじがつけていた猫耳や猫の目かづらなどがとりどりに並んでいる。なかなかのあきない上手のようだ。

「よしよし」

おちよは毛の長い猫の首筋をなでてやった。

「くわー……」

狸みたいな猫が妙な声でなく。

銀と白と黒の縞が入った猫も来た。

「いい子いい子」

こちらは千吉があやす。

猫は大きな音でのどを鳴らしはじめた。

ほどなく、団子と汁粉が来た。

「わあ」

千吉が思わず声をあげた。

三串の団子は四つ玉で、みたらしの餡がたっぷりかかっている。あられが散らされた汁粉からはいい香りが漂ってきた。

「……おいしい」

食すなり、千吉の顔がほころんだ。

「ほんと、お団子もお汁粉もいい按配で」

と、おちよ。

「この甘すぎないのがいいんだよ。ちょっと後を引く感じで」

千吉が大人びたことを口走る。

「そうね。あんみつさんだと物足りないかもしれないけど」

おちよはそう言って笑った。

三

猫は入れ替わり立ち替わりやってきた。

客も次々に来る。日和屋はずいぶんと繁盛していた。

千吉は団子と汁粉のお代わりをした。時ぎめの席代に、いくらか高めの飲み食い代。すべて足すと存外に高くつくが、たまの贅沢だから致し方ない。

「うちにも猫がたくさんいるんだよ」

盆を運んできたおかみに向かって、千吉が言った。

「力屋さんからうかがいました。のどか屋さんの猫はみんな福猫だって」

おこんはそう言って、団子と汁粉を置いた。

「うん。でも、去年、一匹死んじゃったんだ」

おちよがそれとなく「駄目よ」という顔をつくったが、千吉には伝わらなかった。

娘を亡くした日和屋の夫婦の前で、そういう話はしないほうがいい。

「それはかわいそうに」

おかみの顔つきが陰る。

「でも、祠を建ててあげることになってるの。猫のお地蔵さまを入れて」

「猫のお地蔵さま？」

「うん。こんなの」

千吉が招き猫の手つきをしたから、猫屋にほわっとした気が漂った。

しかし……。

入ってきてまもない客の言葉で、その和気は急にしぼんでしまった。

「ところで、おちさちゃんは習い事かい？　ここへ来るのは去年の春以来なんだが」

どこぞの隠居とおぼしい客がたずねた。

「おちさは……死んでしまいまして」

何とも言えない表情で、おこんは告げた。

「えっ、死んだ？」

客が驚く。

「ええ。急な病で、あっけなく」

おかみは顔を伏せた。

「だって、まだ十三だよ」

おかみは答えなかった。

あいまいな顔つきで軽く頭を下げると、足早に奥へ引きこんでしまった。

おそらく、あふれてくる涙をぬぐったのだろう。

そう思うと、おちよはたまらない気持ちになった。

のどかはずいぶんな歳で、眠るがごとき大往生だった。それでも別れがつらくて涙があふれてきたものだ。

まだ十三歳の跡取り娘を亡くした日和屋の夫婦の心持ちを考えると、本当に気の毒でたまらなかった。

それでも、さすがは客あきないで、ややあっておかみはまた何事もなかったかのように姿を現した。

「ああ、もうおなかいっぱい」

三皿も団子をお代わりした千吉が帯をぽんとたたいた。

「まあ、たくさん召し上がっていただいて」

おこんが言った。

おかみを気遣ったのか、あるじも出てきた。

「またお越しくださいましな。猫たちがお待ちしておりますので」

銀と白と黒の縞猫をひょいと肩に乗せて、子之助が言った。

「うちも猫がたくさんいるよ。お泊まりは、お料理がおいしい横山町ののどか屋へ」

千吉はいくらか芝居がかった口調で告げた。

「あきない上手だねえ、坊っちゃん」

あるじが笑った。

「そうそう。うちの目の青い白猫が来月また子を産むんです。よろしければ見に来てくださいましな」

おちよはそう告げた。

「青目の猫でございますか……」

あるじはおかみを見た。

どうやら心が動いたようだ。

「前に青目の子はいたんですが、いまはいないので」

おこんが言う。

「うちは昼からのあきないで、餌と水さえやっておけば、猫たちは勝手に番をしてますから」

子之助は乗り気で言った。

「では、青目の子が生まれるかどうか分かりませんが、ぜひお越しくださいまし」

おちよはのどか屋のおかみの顔で言った。

「ええ、では、これも縁ですから、よき日に寄らせていただきます」

猫屋のあるじが頭を下げると、猫耳も一緒にひょこりと動いた。

四

桜のつぼみがほころびはじめたころ、ゆきは滞りなくお産をした。

縞のある青い目の白猫は、気張って四匹の子猫を産んだ。

母猫とよく似た柄で、目の青い雌猫。

父猫に似たのか、雉柄《きじがら》の雄猫が二匹。

もう一匹は縞猫のようだが、まだどうなるかはっきりしなかった。

お産をしたあとはさすがにくたっとしていたゆきだが、ほどなく元気を取り戻し、甲斐甲斐しく子猫の世話を始めた。

「えらいね、ゆきちゃん」

おちよが声をかける。

「みんなでお乳を呑んでる。かわいい」

おけいも笑みを浮かべた。

「どれか残すのかい？」

一枚板の席から隠居がたずねた。

「のどかが亡くなったあとですから、残そうかと思ってます」

おちよが答える。

「のどかにそっくりな子は生まれなかったよ」

寺子屋から帰ってきたばかりの千吉が言った。

「そりゃ、ゆきちゃんは毛の色が違うから」

と、おちよ。

「しばらくはにぎやかですね」

おそめも笑みを浮かべた。

「日和屋さんにあげる猫は残しとかないと」

千吉が言った。

「そうね。目の青い猫をご所望みたいだったから」

おちよがうなずく。

「もし気に入られなかったらどうする？」

厨で手を動かしながら時吉が訊いた。

「まあ、そのときはそのときで」

「のどか屋の猫は福猫だから、このたびも引く手あまただよ」

季川が温顔で言った。

隠居の言うとおりになった。

まず手を挙げたのは、大和梨川藩《やまとなしがわ》の勤番の武士たちだった。

時吉が磯貝徳右衛門《いそがいとくえもん》と名乗る武家だったころ、この田舎の小藩の禄《ろく》を食《は》んでいた。

東海道からいくらか外れた、四方を山に囲まれた盆地が時吉のふるさとだ。

昔からの縁で、大和梨川藩の勤番の武士たちは折にふれてのどか屋ののれんをくぐってくれる。宿直《とのい》の弁当を頼みに来ることも多い。

先代の原川新五郎《はらかわしんごろう》と国枝幸兵衛《くにえだこうべえ》は、晴れて大きな御役がついて国に帰った。いまは若い武家が二代目をつとめている。

背が高くて容子《ようす》のいい武家が杉山勝之進《すぎやまかつのしん》、剣術では家中で一、二を争う腕前だ。小柄で眼鏡をかけているのが寺前文次郎《てらまえぶんじろう》、こちらは碁の名手だ。

「猫侍《ねこざむらい》がまた生まれましたか」

座敷で猪口を傾けながら、寺前文次郎が言った。

「ええ。よろしければ鼠退治のお役目に」

おちよが水を向ける。

「のどか屋さんの猫侍は鼠をよく退治してくれますから」

杉山勝之進がそう言って、葉人参と蜆《しじみ》の味噌和えに箸を伸ばした。

いくらか苦みがある人参の葉だが、たっぷりの蜆と合わせて田舎味噌で和え、仕上げに粉山椒を振ると渋い酒の肴になる。

「うちは小藩で、上屋敷も下屋敷も小さいですが、ちまちました蔵がわりかたあって、そこに鼠が沢山住み着いてるんですわ」

寺前文次郎が地の言葉をまじえて言う。

「でしたら、お眼鏡にかなった猫侍を取り立ててやってくださいましな」

おちよがひょこひょこ遊んでいる子猫たちを指さした。

「では、検分いたそう」

「おう」

二人の勤番の武士は子猫の品さだめを始めた。

「こいつはなかなかの面構えだな」

「うむ、鼠をたんと捕りそうだ」

白羽の矢が立ったのは、片方の雉猫だった。

「おぬしを鼠捕り役に取り立てる」

「のどか屋の猫侍の名に恥じぬよう、よくよく励め」

勤番の武士たちが申し渡すと、心得たわけではあるまいが、

「みゃあ」

と、子猫は細い声でないた。

「気張るんだよ」

千吉が妙にまじめに言い聞かせる。

のどか屋にふわっとした気が漂った。

五

「では、先生がたと相談してまいります」

安房屋の新蔵が笑みを浮かべた。

今日はあきないがてら、清斎と羽津の診療所の普請について伝えに来てくれた。

普請はいたって順調で、奥まったところには長患いの患者向けの長屋まで建てることにした。日当たりが良く、静かだから療治にはちょうどいい。

その話を聞いたおちよがふと思いついた。

長患いは退屈で、どうかすると気が滅入ることもあるだろう。そこに猫がいたら、多少なりとも気がまぎれるのではなかろうか。

そう考えて、安房屋のあるじに伝えたところだ。

「それはいい思いつきじゃないかねえ」

元締めの信兵衛が言った。

「羽津先生の女のお弟子さんが猫好きで、もうえさをやったりしてるんですよ」

新蔵は伝えた。

「なら、遊び相手もいるわけですね」

おちよが笑みを浮かべる。

「清斎先生も猫嫌いというわけではなさそうだし、引き取っていただけるのならありがたいです」

時吉も言った。

縞のある猫はおちよが手元に残しておきたいと言った。青い目の猫は日和屋に見せなければならない。

というわけで、残るもう一匹の雉猫に白羽の矢が立った。

「長患いの患者さんのお供だから、大役よ」

おちよが声をかける。

雉柄の子猫は母猫のお乳を呑むのに一所懸命だ。

「一匹は残してあげるからね、ゆきちゃん」

おちよは母猫に言った。

「藩の屋敷に療養所、子はずいぶんと出世だね」

元締めはそう言って、人参の葉のかき揚げに箸を伸ばした。

いまでは信じがたいが、もともと人参は葉だけを食べ、赤い実のところは捨てていたらしい。滋養にも富む人参の葉は、飯にまぜたりお浸しにしたりするのもいいが、こうしてからっと揚げるのも美味だ。

「猫屋もあるよ」

今日も厨の手伝いをしながら、千吉が言った。

「そうね。そろそろ泊まりに来てくださらないかしら、日和屋さん」

おちよが小首をかしげた。

「もう一回行ってみる？」

千吉が訊く。

「それは押しつけがましいかもしれないな。先様《さきさま》も忙しいんだから、待っていれば子猫を見にいらっしゃるよ」

時吉が答えた。

「そうそう。子猫がすぐ猫又になったりはしないからね」

元締めが戯《ざ》れ言《ごと》を飛ばしたから、のどか屋に笑いがわいた。

六

江戸のほうぼうから花だよりが届いた。

のどか屋には墨堤《ぼくてい》の花見目当ての客も泊まるようになった。なかなかみなでのんびりと花見というわけにはいかないが、桜の花びらを料理に使うという名目で、おけいとおそめと千吉が墨堤へ足を運んだ。

たっぷり持ち帰った花びらはよく洗い、酢漬けにして散らしずしの具にした。春の恵みの山菜の青みに錦糸玉子《きんしたまご》の黄色、それに桜の赤が加わるとなおいっそう華やぐ。

こはだの銀色を加えてもいい。

吸い物にも花びらをはらりと散らした。

「居ながらにして花見ができるね。すまし汁のなかに桜並木が浮かぶかのようだよ」

隠居が温顔で言った。

「風流だね、こりゃ」

例によって油を売りに来た湯屋のあるじが言う。

「湯船に浮かべたらどうです？」

野菜の棒手振りの富八が水を向けた。

「湯屋は暗えからよ。なんじゃこりゃと思われて終《しま》いさ」

寅次はそう言って笑った。

「あ、そうだ」

何かを思いついたらしく、千吉が花びらをつまんで厨から出てきた。

子猫の毛づくろいをしてやっている母猫のゆきのもとへ近寄り、

「はい」

と、花びらを散らした。

縞のある白猫が「なんだにゃ」という目で見る。

「これ、猫さんが食べちゃうよ。お花は毒になることもあるからね」

おちよがたしなめ、白猫の背から花びらをつまみあげた。

「ごめんね」

千吉がすぐ猫に謝る。

そのとき、おけいの声が表で響いた。どうやら泊まり客のようだ。

ほどなく、一対の男女がのれんをくぐってきた。

「まあ、日和屋さん」

おちよの表情がぱっと晴れた。

「いらっしゃいまし」

千吉の声も弾む。

「遅くなってしまいましたが、今夜は泊まらせていただければと」

「よしなにお願いいたします」

日和屋の子之助とおこんが頭を下げた。

あるじは手で提げる大きめの籠を持っていた。時吉や隠居を紹介するなど、しばらくあいさつがあったあと、日和屋のあるじはさっそく子猫に目をやった。

「三匹ですね？」

子之助が問う。

「ええ。このうち、雉猫は知り合いのお医者さまのところへもらわれていくことになっていますので」

おちよが答えた。

「目の青い子も生まれたよ」

千吉が白い子猫を指さした。

「ほんと？　ちょっとさわらせてね」

おこんはそう言うなり、慣れた手つきで子猫をひょいと取り上げた。

「どれどれ」

子之助ものぞきこむ。

「……あっ」

日和屋のおかみは、ちょっと驚いたような顔つきになった。

「この目は……」

子猫の顔を見たあるじも、妙にあいまいな顔つきになった。

「どうかされましたか？」

おちよが問う。

「この子、左目の下に線が入っているせいで、左と右の目の大きさが違うように見えるんです。……おお、よしよし」

おこんは子猫をあやした。

「ああ、ほんとですね」

おちよものぞきこむ。

そこで、子之助がいくらか声の調子を落として告げた。

「去年死んだ娘もそうだったんですよ」

「ほんと……人と猫は違うけれど、目の感じがおちさによく似てる」

日和屋のおかみは感慨深げに言った。

「では、この子をお持ち帰りください」

おちよが笑みを浮かべて言った。

「もし頂戴できれば、末永く大事にしますので」

子猫を抱いたまま、おこんが言った。

「うちは友がたくさんいるからね」

子之助もやさしく言う。

「じゃあ、決まったね」

千吉が声をあげた。

「千坊が仲人《なこうど》みたいだね」

隠居が温顔で言う。

「千坊の行くところに福もついてくるんだよ」

岩本町の名物男が笑う。

「ありがてえ、ありがてえ」

富八が拝むしぐさをした。

「では、お発ちになるときに、つれて帰ってやってくださいまし」

時吉が言った。

「はい、そうさせていただきます」

日和屋のあるじがていねいに礼をした。

「じゃあ、今夜はおっかさんと一緒にいてね」

おかみは子猫を土間に放してやった。

「ごめんね、ゆきちゃん。この子は残してあげるから」

おちよは縞が少しだけはっきりしてきた子猫を指さした。

「日和屋の看板猫に育てるからね」

「きっと大事にするので」

猫屋の夫婦は、人に対するかのように言った。

母猫はしばしきょとんとしていたが、「しょうがないにゃ」とばかりに身の毛づくろいを始めた。

七

翌日はいい天気になった。

昼から猫屋を開《あ》けるし、見世の猫たちにえさもやらなければならないため、日和屋の二人は朝の膳もそこそこに旅籠を発つことになった。

「豆腐飯、おいしゅうございました」

おこんが笑顔で言った。

「またいずれ、こちらの猫たちに会いにまいりますので」

子之助が白い歯を見せる。

「ぜひお越しください」

「お待ちしております」

おちよと時吉が見送る。

籠の中で、もらわれていく子猫が心細そうにないた。

「元気でね」

千吉が声をかける。

「今度行くときは、だいぶ大きくなってるわよ」

おちよが言った。

「うん、楽しみ」

千吉も笑顔になった。

空は雲一つないが、いくらか風があった。

「この風だと、散ってしまいそうですね」

おこんが言う。

「なら、この子にも桜吹雪を見せてあげよう。帰りに通るから」

「そうね。この先は見られないから」

日和屋の夫婦の相談がまとまったとき、風に乗って流れる花びらのようにまた発句の言葉が流れてきた。

ひとひらの花びら白き猫の背に

その光景がありありと見えた。
目に見える福のような赤い花びらが、もらわれていく子猫への何よりのはなむけだ。
（倖せになるのよ……）
籠の中の子猫に向かって、おちよは心の内で告げた。

第七章　秩父行

一

「では、いただいてまいります」

のどか屋に若者のよく通る声が響いた。

それに和すように、子猫のなき声が響く。

「どうかよしなに。清斎先生と羽津先生によろしく」

おちよが言った。

「承知しました」

若者が白い歯を見せた。

清斎の弟子の文斎《ぶんさい》だ。昨年から診療所で働きはじめて、すぐ焼け出されたのは気の毒だが、若いからこれくらいの荒波は軽く乗り越えるだろう。

「じゃあ、竜閑町まで駕籠で行こうね」

手に提げた籐《とう》籠に向かって、娘が声をかけた。

こちらは羽津の弟子の綾女《あやめ》だ。ゆくゆくは師に負けないような産科医になろうと、日々研鑽《けんさん》につとめている。

「みゃあ、みゃあ」

籐籠の中から、また子猫のなき声が聞こえた。

かねてよりの約束どおり、もう一匹の雉猫が清斎と羽津のもとへもらわれていくところだ。長患いの患者の友として、奥まったところの療養所で暮らすことになっている。

「なら、揺れねえように運びますんで」

「ちょいと我慢してくんなよ、猫のお客さん」

なじみの駕籠屋が言う。

「元気でね」

駕籠を呼んできた千吉が、籐籠に声をかけた。

「ちゃんとつとめるんだぞ」

時吉も見送りに出て言った。

「では、またこちらにもお越しください」

「いただいてまいります」

若い弟子たちはお辞儀をして駕籠に乗りこんだ。

こうして、四匹生まれた子猫のうち、三匹がもらわれていった。

母猫のゆきは承服できないのかどうか、駕籠が去ってから妙にあいまいな顔をしていた。

「ごめんね、ゆきちゃん」

おちよは目の青い白猫に言った。

「この子だけは残してあげるからね」

銀と白と黒の縞模様が美しくなりそうな子猫を指さして言う。

「名はどうする？」

時吉が問うた。

「そうねえ……千吉、おまえが思案してごらん」

おちよは跡取り息子のほうを見た。

「わたしが？」

千吉がおのれの胸を指さす。

「そう。任せるから」

母が言った。

「男の子らしい名をつけてやってくれ」

父も和す。

「うん」

跡取り息子は乗り気で力強くうなずいた。

二

「おお、いい名じゃねえか」

一枚板の席で、万年同心が言った。

「いろいろ思案したけど、強そうだから」

厨で千吉が自慢げに言う。

「剣術も強そうですね」

万年同心の隣に座った男が笑みを浮かべた。

黒四組の井達天之助《いだてあまのすけ》だ。その名にちなんで韋駄天《いだてん》侍とも呼ばれている。名は体《たい》を表す健脚自慢で、あんみつ隠密の手下としてほうぼうへつなぎを行うのが役どころだ。

「たしかに、剣豪みたいな名前ですね、小太郎《こたろう》って」

座敷の大工衆に肴を運びながら、おけいが言った。

「うん、きっと強いよ」

手を動かしながら、千吉が答える。

「お客さんのものを狙っちゃいけないよ」

鮑《あわび》のつくりに浮き足だった小太郎を、隠居がひょいとつまみあげて土間に放した。

「子猫は食い気ばっかりで」

と、おちよ。

「で、かしらのほうはどうなんだ？」

万年同心がいくぶん声をひそめて韋駄天侍に訊いた。

「荷抜けのほうはそろそろ大詰めのようです」

井達天之助が答えた。

「もう一つのほうは？」

「まだ時がかかりそうですね」

韋駄天侍がそう答えたとき、千吉が声を発した。

「鰹《かつお》のたたきができました」

いい声だ。

「おっ、待ちかねたぜ」

「初鰹からずっと食ってるような気がするな」

「もうずいぶん鰹だけで散財したぜ」

そろいの半纏の大工衆がにぎやかに言った。

大工は実入りのいい仕事だが、ことに大火のあとは普請が続くから羽振りがいい。と言っても、銭を貯めこむようなしみったれたことはしない。いくら貯めこんでも火事で焼け出されたら終《しま》いだということは、いくつもの普請場を回っている大工衆が骨身にしみて分かっている。

そこで、入ってきた銭は惜しみなく使う。たとえ値は張っても、初鰹に舌鼓を打ち、旬のものをたらふく食う。

大工衆ばかりではない。火事のあとは左官も畳屋も鳶《とび》もみな大忙しだ。ふところ具合がいい者たちがほうぼうで使ってくれるから、大きな江戸のあきないの車がいい按配に回っていく。いくたびも災いに見舞われた江戸の町だが、そのたびにこうやって立て直してきた。

「はい、お待ち」

一枚板の席にも、千吉が皿を出した。

むろん、手は下からだ。

「お、いい按配に仕上がってるね」

受け取った隠居が言う。

「鰹の梅たたきでございます」

千吉が自信ありげに言った。

「もうひとかどの料理人だな」

と、万年同心。

「さっそくいただきます」

井達天之助が箸を取った。

鰹には皮の下に脂《あぶら》がある。それをあぶって軽く溶かすと、とろーりと甘くなる。

焼いてから冷たい水にとることも多い鰹のたたきだが、のどか屋ではできたてのあつあつを出す。こうしたほうが、とろりと甘くなったところが格段にうまい。

皮目はぱりっと、その下の身はいくらか白くなるくらいにあぶった鰹の身は、まな板にとって厚めに切る。これを斜めにずらしながら、酢をかけて指でたたいてなじませていく。

　初めのうちはおっかなびっくりだった千吉だが、だんだん手つきが堂に入ってきた。

　あつあつの鰹のたたきに梅肉だれをかけると、いちだんと風味が増す。裏ごしした梅肉にだし汁と醤油と酢を加え、弱火でよくまぜてなじませる。これに水溶き片栗粉を加えれば、とろみがついてたたきとよくなじむ。

　薬味は葱の青いところに生姜や貝割菜《かいわれな》などを刻んでつくる。仕上げにこれを散らせば、見てよし食べてよしの鰹の梅たたきの出来上がりだ。

「うめえな」

「おのれの身まで鰹になったような気分だぜ」

　座敷の大工衆は上機嫌だ。

「これはほんとにうまいね」

　隠居の目尻が下がった。

「おれは味にはちょいとうるせえが、文句のつけようがねえな」

　万年同心がほめた。

「ありがとう、平ちゃん」

千吉が気安く言ったから、のどか屋に笑いがわいた。

ほどなく、飛脚が文を届けに来た。

「もしや……」

勘ばたらきの鋭いおちよが身を乗り出す。

ひらめいたとおりだった。

文は秩父からのものだった。

正月にのどか屋に泊まってくれた道明和尚からで、名工の甚八がつくってくれた猫地蔵が仕上がったので、いつでも取りに来てくださいという知らせだった。

思はず笑みがこぼれるやうな仕上がりです。

江戸の皆様に福をもたらす猫地蔵様になるでせう。

和尚は達筆でそうしたためていた。

「なら、すぐ取りに行かなきゃ」

千吉が気の早いことを言った。

「のどか屋の厨はどうするの、千吉」

すかさずおちよが言った。

「あっ、そうか」

千吉が頭に手をやる。

「また、長さんのお弟子さんに助っ人を頼むのかい？」

隠居が訊いた。

「ええ。そのへんはもう話をしてあるんですけど」

と、おちよ。

「だったら、見廻りがてら長吉屋へ行って伝えて来よう」

万年同心がそう言ってくれた。

「それは助かります。どうかよしなに」

時吉が頭を下げた。

「祠のほうはどうなんでしょう」

おけいがおちよに言う。

「ああ、そうね。お地蔵さんが先に来て、雨ざらしってわけにはいかないから」

おちよは思案げな顔つきになった。

「祠をつくるのかい？」

「何なら、おれらがつくってやるぜ」

気のいい大工衆が言う。

「いえ。品川のくじら組の大工さんにもうお願いしていますので」

おちよが伝えた。

「くじら組の棟梁なら知ってるぜ」

「おれらの兄弟子《でし》みてえなもんだからよ」

「なら、ちょっくらつないで来てやろう」

それは願ってもない話だった。

「さようですか。では、くじら組の初次郎さんに、お地蔵さまがおっつけ届くとつないでいただければと」

おちよは顔に喜色を浮かべて言った。

「お安い御用だ」

「徳利のおまけ一本でいいからよ」

「はいはい、では大徳利で上等の下り酒を」

おちよは笑顔で言った。

三

そんな按配で、うまい具合に輪が回りだした。

知らせを受けた長吉は、若い弟子をつれてのどか屋を訪れた。

「こいつぁそれなりに腕は立つんだが、ちょいとばかりていねいすぎて遅いのが玉に瑕《きず》なんだ」

長吉がそう言って紹介したのは、安吉《やすきち》という名の若者だった。

「へい、よしなにお願いいたします」

いくぶん硬い顔つきで、安吉は頭を下げた。

「安吉さんはどこの生まれ？」

おちよが問う。

「八王子《はちおうじ》の庄屋の三男坊で。料理人になりたくて江戸へ出てきました」

安吉はしっかりした受け答えをした。

なかには引っ込み思案で客と目も合わせられないような弟子もいたが、この感じなら大丈夫だろう。

「のどか屋の朝の膳はおおむね豆腐飯だ。厨は合戦場《かっせんば》みたいな按配になるから、おのずと手も早くなるだろう」

時吉が言った。

「それを見越して、こいつを連れてきたんだ」

長吉は得たりとばかりに言った。

「刺身の姿づくりなんぞは、ほうとため息が出るほどきれいに仕上げられる。ただ、あんまり時をかけてちゃ、肝心の刺身が乾いちまう。なにごともほどほどが肝要だからな。きれいに早く仕上げられたら、それに越したことがねえや」

「へい、そりゃ分かってるんですが……」

安吉はあいまいな表情で言った。

「できねえのは分かってねえってことだ」

長吉は厳しく言った。

「へい。そのとおりで」

安吉が殊勝《しゅしょう》にうなずく。

「ま、そのあたりを鍛えてやってくれ、ちよ」

長吉はおちよに言った。

「承知で。手だけは早いから」

おちよは包丁を動かすしぐさをした。

それからしばらくは秩父の話になった。

長吉もかつてわけあって秩父へ巡礼の旅に出たことがあるから、土地鑑は充分にある。

「四方を山に囲まれた秩父ってとこが、でけえ霊場みてえなもんだからな」

長吉が言った。

「でも、坂が多いそうなので、千吉の足で大丈夫かしら」

おちよが案じる。

「ちゃんと歩けるから平気だよ」

千吉は軽く答えた。

「行くまでが大変《てえへん》だな。駕籠じゃねえんだろう？」

長吉が問う。

「この先、長旅にも出られないと思うので、ゆっくり行きますよ。千吉の足がつらくなったら、勘どころだけ駕籠を雇います」

時吉は答えた。

「路銀は多めに持っていくことにしたから」

と、おちよ。

「追い剝ぎに気をつけな、と普通は言うとこだが」

長吉は笑みを浮かべた。

「返り討ちにしますから」

時吉は手刀で剣を取り押さえるしぐさをした。

四

支度はすべて整った。

よく晴れた昼下がり、時吉と千吉はのどか屋を発つことになった。

「なら、気をつけて」

見送りに出たおちよが言った。

「ああ、行ってくる」

時吉が軽く右手を挙げた。

「気張って歩くよ」

千吉が太ももを小気味よくたたいた。

「行ってらっしゃい」

「気をつけてね」

おけいとおそめも見送る。

ゆきと小太郎もひょこひょこと出てきた。いつもうるさく母猫にまとわりつくから、ときどき叱られたりしている。

「頼むぞ」

時吉は留守を任せる安吉に言った。

「承知しました」

若者がいい顔つきでうなずく。

「あ、そうだ」

千吉が小走りにあるところへ向かった。

のどかの墓だ。

「お地蔵さま、運んでくるからね。ちょっと待っててね」

そこにのどかがいるかのように語りかける。

「祠もそろそろ届くだろう。もう少しだな」

時吉も笑みを浮かべて言った。

こうして、のどか屋の皆に送られた二人は、秩父へ向けて旅立った。

千吉はすべて歩きたがったが、なにぶん長旅だ。それに、半端なところで日が暮れたら宿がない。時吉はうまく思案しながら駕籠も雇いつつ旅を続けた。むろん、乗るのは千吉だけで、おのれは小走りについていく。

旅の楽しみは食べ物だ。旅籠で出る料理や茶見世の団子などは、ちょうどいい舌だめしになる。

千吉が気に入ったのは河越茶《かわごえ》（いまの狭山茶《さやま》）の茶飯と団子だった。風味が豊かだから、いくらでも胃の腑に入る。

川魚もほうぼうで味わった。鮎《あゆ》の背ごしは料理人の腕によってだいぶ違ったが、新鮮な鮎を上手にさばけば口福《こうふく》の味になる。

飯能《はんのう》の宿で出た若鮎寿司も美味だった。

寿司飯に細かく刻んだ蓼《たで》の葉をまぜ、酢をなじませた鮎の身でしっかりと巻く。布《ふ》巾《きん》で巻いてかたちを整えてから切り、葛《くず》でとろみをつけた吉野酢を切り口に塗る。

料理人の手わざがさえるひと品だ。さほど大きな旅籠ではなかったが、料理人はわざわざ京まで修業に出たらしい。

時吉も請われて京へ赴いたことがある。その晩は宿の料理人と京の話に花が咲いた。

そんな調子で旅が続き、いよいよ最後の難所に差しかかった。

険《けわ》しい正丸《しょうまる》峠だ。

さすがに千吉の足では厳しいので、ここは駕籠を雇った。時吉ですら足に痛みが出たほどの峠だ。

しかし、その難所を切り抜け、しばらく進むと、にわかに光あふれる景色になった。

秩父に着いたのだ。

五

道明和尚の寺へ向かう道筋は、さほど苦もなく分かった。

秩父三十四札所の一つで、ありがたい観音様を祀る曹洞宗《そうとうしゅう》の寺だ。

「ようこそのお越しでした。長旅、ご苦労さまでございます」

日の暮れ方に寺に着いた時吉に向かって、和尚はていねいに頭を下げた。

「よく来たね、千吉ちゃん」

弟子の道文が笑顔で声をかけた。

「足は大丈夫かい？」

同じく弟子の道光が問う。

「うん、でも、ちょっと足が痛い」

千吉は素直に言った。

「当寺には内湯もあるから、今日はゆっくり休んで」

和尚がやさしく声をかけた。

「わあ、大松屋みたいだね」

千吉は近くの旅籠の名を出した。

内湯に浸かって疲れを取ったあとは、夕餉の膳だ。心づくしの精進料理に、時吉と千吉は舌鼓《したつづみ》を打った。

「のどか屋さんの豆腐飯とは比ぶべくもありませんが、当寺でも大椀豆腐というものをよく食します」

素朴な椀を道明和尚は指さした。

「これもおいしいですね」

時吉がうなった。

大きな椀に豆腐を入れ、おろし生姜《しょうが》を加える。塩と醬油で味つけしたら、ざっくりとまぜ合わせる。

これをあつあつの飯にかけ、刻んだ葱と茗荷《みょうが》をのせ、すり胡麻を振ればできあがりだ。

「でも、削り節が入ってれば、もっとおいしいよ」

千吉が忌憚《きたん》なく言ったから、寺に笑い声が響いた。

「寺方は精進料理だから、鰹節は使えないんだ」

時吉が言った。

「あっ、そうか」

千吉が頭に手をやる。

「のどか屋さんでは、ぜひ削り節をまぜてお出しください」

和尚は温顔で言った。

「では、江戸に戻ったら出させていただきます」

時吉はそう請け合った。

ほかにもさまざまな精進料理が並んだ。

小ぶりの椀に盛られた寺方蕎麦。ぜんまいの煮物に精進揚げ。ゆでた長葱に胡麻味噌をかけた小鉢に、お麩《ふ》を浮かべた澄まし汁……。

どれも素朴だが、心のこもった料理だ。

「では、明日は朝から甚八さんのところへうかがうことでよろしゅうございますか？」

機を見て和尚がたずねた。

「ええ。ご案内いただければ助かります」

時吉が湯呑みを置いて言った。

「当寺も小ぶりの石灯籠《いしどうろう》をお願いしてありますので」

「われわれが運びます」

二人の弟子が言った。

「千吉はどうする？　足が痛いならここで待っててもいいぞ」

時吉が訊いた。

「うーん、どうしよう」

千吉は首をかしげた。

「甚八さんとこの蕎麦《そば》饅頭《まんじゆう》は甘くておいしいよ」

「干し芋もうまいんだ」

道文と道光が水を向けるように言うと、千吉の表情が変わった。

「行く」

跡取り息子は元気よく手を挙げた。

六

甚八の住まいまでは、結構な上り坂だった。

「もう歩けないよ」

千吉が途中で音《ね》を上げた。

「仕方ないな。おぶってやろう。帰りはゆっくり下ればいいから」

時吉はそう言って背を示した。

「うん、ごめん」

「謝ることはないさ。ここまでよく歩いてきた」

時吉は感慨をこめて言った。

曲がっていた足が治り、こんなに歩けるようになるとは、望外の喜びだ。

石工の家では、甚八ばかりでなく、家族総出であたたかく出迎えてくれた。

「まあ、江戸からわざわざ来たの、偉いわね坊っちゃん」

女房が笑みを浮かべて言う。

「しっかりした跡取りさんで」

おのれも父の跡を継いで修業に励んでいる息子が言った。

「蕎麦饅頭がおいしいと言ったら、喜んで行くと」

道光が笑って告げる。

道明和尚は檀家《だんか》廻りがあるため、今日は二人の弟子が足を運んでいる。石灯籠は小ぶりだから、二人がかりなら運べそうだ。

「なら、さっそく支度をしましょう」

「餡《あん》の下ごしらえは終わってますので」

甚八の女房と娘がいそいそと厨へ向かった。

「猫地蔵はどこ？」

千吉がたずねた。

「ああ、縁側に出してあるよ」

甚八が手つきをまじえて答えた。

節くれだった石工のほまれの指だ。

「うちの猫たちと一緒に日向ぼっこしたりしてるの」

女房がおかしそうに言った。

「じゃあ、見に行こう」

時吉がうながした。

「うん、楽しみ」

千吉が続いた。

石工の女房が言ったとおりだった。

よく日の当たる縁側に、真新しい猫地蔵が置かれていた。右手を招き猫のかたちに上げ、目を細くしてにっこり笑っている。

「わあ、かわいい」

千吉が声をあげた。

「福が来そうな、いいお顔をしていますね」

時吉も感に堪えたように言った。

「江戸のみなさんに拝んでいただいたら、石工冥利《いしくみょうり》に尽きます」

甚八が言った。

猫地蔵からいくらか離れたところで、二匹の猫が丸まって気持ちよさそうに寝ていた。

「こいつらがいるから、わりとうまくできたと思います」

甚八が言った。

「この子の柄《がら》、のどかにそっくり」

千吉がいくらか大きい猫を指さす。

「茶と白の縞猫はわりとどこにでもいるからな」

と、時吉。

「だったら、のどかも生まれ変わってくるね？」

情のこもった声で、千吉は言った。

「似たような猫は見つかるだろう」

時吉はそう答えたが、やや不承知な顔つきだった。

「きっと生まれ変わってくるよ。このお地蔵さまにお祈りしていればね」

それを見て、すかさず道文が言った。

千吉の表情がやっとやわらいだ。

ほかの石灯籠や碑などを見物しているうちに、蕎麦饅頭が蒸しあがった。

秩父ではむかしから栽培されている蕎麦を使った素朴な饅頭だ。ただし、餡がほっこりと炊けており、心にしみるような味がした。

「おいしい」

千吉が笑顔になる。

それを見ながら、時吉は思った。

十まではわらべのうちだから、「おいしい」と笑顔で言えばすべて許されるが、これからはそうはいかない。秋から修業を始めたあと、また一緒に旅に出ることがあるかどうか分からないが、もしそういう機があればきっと違ったことを言うだろう。

それが寂しくもあり、楽しみでもあった。

「こちらは吊るし柿もおいしいのですが、あいにく時季外れでしてね」

道光が言った。

「冬場に食べきってしまいますのでね」

甚八の女房がすまなさそうに言う。

「うちでもつくる？」

千吉が問うた。

「のどかのお墓に柿の木を植えただろう？」

時吉は問い返した。

「ああ、そうか。あの柿が育って、実がたくさん生《な》ったら吊るし柿にしてのどか屋で出そうじゃないか」

「じゃあ、これがほんとの『のどか柿』だね」

千吉はそう答えると、残りの蕎麦饅頭をほおばった。

七

その翌日の昼下がり――。

江戸ののどか屋に、待望のものが届いた。

猫地蔵を納める祠だ。

届けてくれたのは、品川のくじら組で大工をつとめている初次郎と、その娘のおしんだった。版木彫りの修業をしているおしんは、親方に断って横山町まで来てくれた。

「わあ、立派な祠ですね」

おちよが目を瞠《みは》った。

「だいぶ時がかかっちまって、相済みません。屋根に神明造《しんめいづくり》をちょいと採り入れようかと思い立って、ああでもねえ、こうでもねえと思案しながらつくってたもんで」

初次郎が頭に手をやった。

「その甲斐あって、思わず拝みたくなるような祠になったねえ。一枚板と同じ檜造りじゃないか」

見世の外に出てきた隠居が感に堪えたように言った。

「柿の木との按配もちょうど良さそうだ」

一緒に出てきた元締めが指さす。

「おしんちゃんの字もいい感じねえ」

おけいが笑みを浮かべた。

祠の前の板に、右から左へ「のどか」と彫られている。

「ほんと、品が良くて、字がほわっと笑ってるみたいで」

おそめもほほ笑む。

「気張って彫ったから」

のどか屋につとめていた娘が二の腕をぽんとたたいた。

「いま立ってる卒塔婆《そとば》を柿の木の横にずらして、祠を置けばいいかしら」

と、おちよ。

「そうだね。祠を据えておけば、あとは猫地蔵を待つばかりだ」

隠居が言った。

「賽銭箱も四苦八苦しましたが、なんとかこしらえてきました」

初次郎はもう一つ携えてきたものを示した。

浄財、と彫られた字もおしんの手になるものだ。

「ほんとに何から何までありがたく存じます」

おちよが頭を下げる。

「いやいや、祠づくりなんて大工冥利に尽きるので」

日焼けした顔がほころぶ。

「ひとかどの大工のいい面構えになったよ」

元締めも笑みを浮かべた。

「恐れ入ります。なら、さっそくやりましょうや」

初次郎が右手を挙げた。

祠を据えているとき、大松屋のほうからおこうもやってきた。信兵衛が持っている旅籠を掛け持ちでつとめている娘で、おしんとも顔なじみだ。

二人が久闊《きゅうかつ》を叙《じょ》しているあいだに、のどかの祠が滞りなく据えられた。

「おお、ひとかどの祠だね」

隠居がそう言って、両手を合わせるしぐさをした。

「柿の木が育てば、なおさら立派に見えるよ」

元締めも和す。

「小さな座布団を敷いて、お花を活けるようにしましょう」

おちよが指さす。

「赤いお座布団がいいですね」

と、おけい。

「あら」

おそめの脇を、ひょこひょこと猫がすり抜けていった。

「おっかさんの祠だよ」

おちよはちのに言った。

もうだいぶ歳だが、体はずっと小さいままの猫に続いて、ゆきと小太郎もやってきた。

箱などの中に入れるものは、猫たちのお気に入りだ。からっぽの祠にさっそく興味津々《しんしん》の体《てい》で、まず子猫の小太郎が入ろうとして、ちのにぺしっと引っぱたかれた。

「おまえはあとからね」

おちよが子猫をひょいとつまみあげる。

仕込みが一段落した安吉も手を拭きながら出てきた。初めのうちは手が追いつかずに困った顔をしていたが、このところはだんだん包丁が小気味よく動くようになってきた。

「そうそう、猫地蔵の代わり」

おけいが笑う。

ちのが前足をきちんとそろえ、「どうだにゃ」とばかりに見だから、おのずと和気が満ちた。

「こうして見ると、わりかたさまになってるな」

初次郎が満足げに言った。

「気張ったねえ、おとっつぁん」

おしんが笑みを浮かべた。

「おめえもな」

若死にした息子の跡を継いで大工になった男がしみじみと言った。

「おや、中のあらためは終わりかい?」

おちよがちのに声をかけた。

すかさず子猫が動いた。

母猫のゆきに先んじて、だいぶ大きくなってきた小太郎がひょいと祠に入った。

ふしぎそうに中を見る。

「ちょうどいい寝床になりそうだね」

隠居が言う。

「あとはお地蔵さまを待つばかり」

と、おちよ。

「秩父より地蔵が届く……さて、季はどう入れるかな？」

季川が弟子の顔を見る。

「うーん……じゃあ、永き日や、で」

おちよは小考してから答えた。

「秩父より地蔵が届く永き日や、か」

隠居の白い眉がやんわりと下がった。

八

その晩――。

秩父の道明和尚の寺では、明日江戸へ発つ時吉と千吉を囲んで、別れの宴が催されていた。

近在の寺からも僧がやって来て、かなりの人数になった。

せめてものお礼にと、時吉と千吉が厨に入り、そこにある食材で料理をつくった。

蕎麦に加えて、ほうとうも打った。味噌仕立てで野菜がふんだんに入った甲州《こうしゅう》の地《じ》の料理だ。

蕎麦飯にとろろ汁、炒り豆腐と青菜の炒め物。どの料理も僧たちには好評だった。

「足を運んだ甲斐がありましたな」

取り分けたほうとうを食べ終えた初老の僧が、ややしみじみとした口調で言った。

「これでいくらか元気が出ましたでしょうか」

道明和尚が気遣うように言う。

「ええ。気を落とさずにやってまいりたいと」

「さようですね、和尚さま」

その弟子が言った。

「何かあったのでございますか？」

時吉が控えめにたずねた。

「こちらのお寺に盗賊が入り、大切なご本尊が盗まれてしまったのですよ」

　道明和尚は気の毒そうに告げた。

「前にも秩父のべつの寺であったんですが」

　道光が言う。

「嘆かわしいことです」

　道文も眉根を寄せた。

「それはそれは、大変でございました」

　時吉は招かれた僧に言った。

「大切なご本尊が盗まれてしまい、ご先祖様や檀家の皆様、何より御仏《みほとけ》に申し訳がなく、ずっと気落ちをしておりました」

　僧は肩を落として答えた。

「似面《にづら》とかはないの？」

　千吉がだしぬけにたずねた。

「おまえが探すのか？」

　と、時吉。

「だって、江戸で見つかるかもしれないよ」

千吉は軽く言った。

「似面はございませんが、ご先祖から受け継いだ観音様の絵巻物なら……」

本尊を盗まれてしまった僧はふところを探った。

おもむろに取り出したのは、小ぶりの巻物だった。

「あまりにも申し訳がないので、こうして肌身離さず持って、いつの日か寺に戻るのを待っているのです」

痛ましい表情で告げると、僧は巻物を開いた。

「わあ……」

千吉が目を瞠った。

丹念な筆で観音像が描かれている。いくぶん吊り目だが、口元には微笑が浮かんでいる。巻物を見ただけで手を合わせたくなる仏様だった。

「これはありがたいお顔ですね」

時吉が言った。

「はい……毎日おわびをしております」

沈痛な面持ちで、僧は頭《こうべ》をたれた。

千吉はじっと巻物を見つめていた。

「心に刻んでおけ」

時吉は言った。

「うん」

千吉は力強くうなずいた。

九

「では、お世話になりました」

時吉がいつもより浅くお辞儀をした。

背の袋に猫地蔵が入っているから、深々と頭を下げることはできないのだ。

「道中お気をつけて」

道明和尚が笑顔で言った。

「またお越しください」

道光が白い歯を見せる。

「江戸ののどか屋にも来てね」

千吉が如才なく言った。

「ああ、豆腐飯を食べに行くよ」

道文が答える。

見送りには近在の農夫たちも来た。江戸から料理人が来ているというのでのぞきに来たとき、せっかくだからと時吉と千吉は焼き味噌のおにぎりや蕎麦をふるまった。そのお返しにと、大根の漬物や干し芋などを持ってきてくれた。荷にはなるが、心遣いがありがたい。

「それでは、お地蔵さまをいただいてまいります」

時吉が言った。

「どうかお気をつけて」

「またお目にかかりましょう」

「達者でね、千吉ちゃん」

僧たちに見送られ、二人は歩きだした。

坂を下りて振り向いても、まだ三つの影が見えた。

手を振る。

時吉と千吉も振り返した。

「またね」

跡取り息子が、精一杯の声で言った。

第八章　猫地蔵と化《ばけ》観音

一

秩父から江戸ののどか屋まで、猫地蔵は滞りなく運ばれた。

旅装を解くなり、さっそく祠に据えることにした。

「立派な祠をつくってくださったんだねえ、初次郎さんは」

しげしげとあらためた時吉が言った。

「ほんとに、ありがたいことで」

おちよが軽く両手を合わせた。

「これって檜？」

千吉が問う。

「そうよ。時が経てばもっと色合いが濃くなって、祠らしくなってくるから」

おちよが答えた。

「東向きだから、旅籠の横手でも日は当たるな」

空を見てから時吉は言った。

「のどかも日向ぼっこができますね」

おけいが笑みを浮かべる。

のどか屋は二幕目に入ったところで、隠居と元締めも外へ出てきた。厨を手伝ってくれていた安吉はこれにて御役御免で、支度が整ったら長吉屋へ戻ることになっている。

「では、入れてみるか」

時吉はそう言って、猫地蔵の頭をぽんぽんとたたいた。

「お賽銭箱は？」

また千吉がたずねた。

「それはあとから置かないと」

と、おちよ。

「先に置いたらお地蔵さまが入らないでしょ？」

おそめがおかしそうに言う。

「あっ、そうだね」

千吉はすぐ勘違いに気づいた。

こうして、みなが見守るなか、時吉は慎重に猫地蔵を祠に入れた。

赤い座布団に座らせてみると、ちょうどいい按配だった。

「おお、いい感じだねえ」

隠居が腕組みをしてうなずく。

「前にお賽銭箱を置くとちょうどいいわね。お顔もよく見えるし」

おちよが満足そうに言う。

「この町の、いや、江戸の守り神だからね。頼むよ」

旅籠の元締めが声をかけた。

「あとは鈴が来れば出来上がりだな」

時吉が言った。

「そうね。松太郎さんは大変でしょうから、気長に待ちましょう」

と、おちよ。

「そうだな。これだけでもお参りはできるから」

時吉は猫地蔵に向かって両手を合わせた。

二

猫地蔵に待望の鈴がついたのは、それからまもなくのことだった。

鈴づくりの職人の松太郎が届けに来てくれたのだ。

「遅くなりました」

「まあ、きれいな鈴緒までつけていただいて」

おちよが目を瞠った。

「鈴緒は知り合いの職人の仕事ですが、わけを話したところ、気を入れてつくってくれました」

松太郎は笑みを浮かべた。

祠の鈴にはきれいに縒《よ》り合された紅白の鈴緒がついていた。麻に色をつけて縒《よ》ったもので、真新しいからことに清々《すがすが》しい。

「住むところはどうなんだい？」

一枚板の席から隠居が訊いた。

「おかげさんで、神田多町《たちょう》に仕事場を借りられまして、せがれと一緒に暮らしてます」

大火で女房を亡くした職人が告げた。

「それは何よりだね」

隠居の表情がやわらいだ。

よくよく話を聞けば、神田多町の源兵衛店《げんべえだな》はすぐ近くのようだった。そこにはのどか屋とゆかりの相模屋《さがみや》という豆腐屋がある。松太郎も食したことがあるらしいが、「結び豆腐」で縁のあった豆腐屋は相変わらずおいしい豆腐をつくっているようだ。

跡取り息子が始めた惣菜屋も繁盛していると聞いて、のどか屋の面々の顔に笑みが浮かんだ。

「じゃあ、早く付けようよ」

待ちきれないとばかりに、千吉が言った。

「なら、これから付けましょう」

松太郎は笑顔で鈴をかざした。

しゃらん、と小ぶりの鈴が鳴る。

それにつられて、猫たちもわらわらとついてきた。

「神社などじゃ、神主さんが祝詞《のりと》を唱えてから取り付けるんですがね」

松太郎が言った。

「だったら、憚《はばか》りながらわたしが代わりを。短い祝詞しか憶えてないがね」

隠居が手を挙げた。

「さすが、ご隠居」

「お願いします」

のどか屋の二人が頭を下げた。

……畏《かしこ》み畏み白《まお》す

ほう、とため息がもれるほど真《しん》に迫った隠居の祝詞が終わると、松太郎が一礼し、神妙な面持ちで祠に鈴を取り付けた。

いくたびか鳴らしてみて、按配をたしかめる。そのたびに、のどかの首についていたものを大ぶりにしたような鈴が涼やかな音を立てた。

「これ、駄目よ、小太郎」

子猫がさっそく鈴緒をつかもうとしたから、おちよがたしなめた。

のどか屋の横手に和気が漂う。

「ああ、いい按配になりましたね」

時吉が満足げに言った。

「いの一番にお参りしていい？」

千吉が手を挙げた。

「いいぞ。おまえがいの一番だ」

時吉がすぐさま答えた。

千吉は鈴を鳴らしてからお参りをした。口を動かして何事かぶつぶつと唱える。存外に長いお祈りだった。

「何をお願いしてたんだい？」

隠居が温顔で問う。

「立派な料理人になりますように、と」

千吉は引き締まった顔つきで答えた。

「いい心がけだね」

松太郎がうなずく。

そのあとは、みながそれぞれ鈴を鳴らしながら、のどか地蔵にお参りをした。

時吉は家内安全を祈った。

おちよはふとあることを思い立ち、お地蔵さまにお願いをした。ただし、それが何かは告げなかった。願《がん》を懸けるようなものだ。

せっかくだから打ち上げに酒と料理をとすすめたのだが、松太郎はせがれの竹太郎が待っているからと手を振って断った。

「あ、だったら、坊っちゃんにちまきを」

おちよが言った。

「餡入りのちまきだからおいしいよ」

千吉も和す。

「さようですか。なら、ありがたく頂戴します」

鈴づくりの職人は頭を下げて受け取った。

かくして、のどか地蔵がすべてできあがった。

三

「ほう、そりゃさっそくお参りしてこなきゃな」

よ組のかしらの竹一が言った。

松太郎が帰ってほどなくして、火消し衆がどやどやと入ってきて座敷に陣取った。さっそく酒とお通しが出て酒盛りが始まったところだ。

「今日はお参りのはしごだな」

纏持ちの梅次が笑う。

「どちらへお参りにいらっしゃったんですか?」

おちよがたずねた。

「千駄木の観音堂だがよ」

梅次はややあいまいな顔つきで答えた。

「ああ、去年から評判になってる御開帳ですね?」

「去年の千手観音を見逃したんで、今年の金銀光背の観音様は拝まなきゃって思ってみなで出かけたんだが」

竹一が苦笑いを浮かべた。

「良くなかったんですか?」

と、おちよ。

「いや、ありがてえお顔の観音様で、光背もえれえ光ってたんだがよ。十数えるあいだしか見ちゃいけねえんだ。それも、仕切ってるやつが速く数えやがってよ」

かしらが苦笑いを浮かべた。

「あれじゃ願い事もできねえや」

「すぐ終わっちまうんだからよ」

「せっかく行ったのに十で終わりかよ」

火消し衆が口々に言う。

「早く回れば、その分たくさん人を入れられるからね。あきない上手はそういうことを思案するから」

相変わらず一枚板の席に根を生やしている隠居が言った。

「いや、ご隠居、おれらのうしろにゃだれも並んでなかったんで」

「もっとじっくり見させてくれてもいいじゃねえかよ、まったく」

火消し衆はなおも承服しかねるという面持ちだった。

「できた」

千吉が厨で声をあげた。

「どれ、見せてみな」

時吉が見る。

千吉がつくっていたのは、縞鰺《しまあじ》の切りかけ造りだった。

身の半ばまで包丁を入れてから切り離す手加減がなかなかに難しい。美しい銀皮を残し、幅をそろえてきれいに盛り付けるのも料理人の腕の見せどころだ。

「いいだろう。上出来だ」

時吉はうなずいた。

「腕が上がったね、千坊」

隠居が笑みを浮かべると、跡取り息子も何とも言えない笑顔になった。

四

その翌日――。

久々に黒四組の二人がつれだってのどか屋ののれんをくぐってきた。

安東満三郎と万年平之助だ。

「やっと、『いろはほへと』の件が一段落してよ」

いつものようにあんみつ煮を口に運びながら、黒四組のかしらが言った。

いろはほへと、すなわち荷抜けのほうは一段落したらしい。

「さようですか。なら、しばらくはゆっくりできるんで？」

時吉が問うた。

「なかなかそういうわけにもいかねえや。ときに、万年から聞いたが、秩父でまた仏像が盗まれたそうだな」

あんみつ隠密の目つきがいくらか鋭くなった。

「ええ。お仏像の絵があったので、千吉がしっかり見てきました」

時吉は告げた。

「ほう、そうかい」

安東が妙な具合に背筋を伸ばした。

「ちゃんとした絵だったかい？」

万年同心が問う。

「うん。よく描けた絵だったよ、平ちゃん」

千吉は気安く答えた。

「早く見つかるといいですねえ」

座敷の片づけ物をしながら、おちよが言った。

「ほんと。仏像なんて盗んでも、売ったりできないと思うんだけど」

おけいも首をかしげる。

「いろいろ手づるを手繰《たぐ》って、お大名や金持ちに売りこんだりする輩《やから》はいるがな」

さまざまな事情に通じたあんみつ隠密が言った。

「なら、もう売られちゃったの?」

と、千吉。

「そりゃまだ分からねえさ」

安東満三郎はそこで猪口を置くと、万年同心のほうを見た。

「せっかく鈴までついたのどか地蔵ができたんだ。お参りしてこようぜ」

黒四組のかしらは思わせぶりに言った。

どうやらただのお参りではなく、何か相談事があるらしい。

その証《あかし》と言うべきか、付いたばかりの鈴は鳴らなかった。いくらか経ってから、黒四組の二人は戻ってきた。

ちょうどそこで料理ができた。

「鮑《あわび》のおかき揚げでございます」

時吉が一枚板の席に差し出す。

「お、うまそうだな」

万年同心が身を乗り出した。

「わたしがおかきを砕《くだ》いたんだよ」

千吉が自慢げに二の腕をたたく。

「ほう、偉えな」

仲のいい同心が笑った。

「浅草のせんべい屋さんからおけいちゃんがもらってきてくれるんですよ」

おちよが言う。

「割れたり欠けたりしたおせんべいは安く売ってくださるので」

おけいが笑みを浮かべた。

「それを細かく砕いて揚げ物の衣に使うと、ぱりぱりしておいしいんです」

時吉が言う。

「おう、鮑のかみ味と響き合って、乙《おつ》なもんだな」

味にうるさい万年同心も満足そうな顔つきだった。

「うん、つゆが甘ぇ」

あんみつ隠密はそちらのほうをほめる。

ほとんど味醂じゃないかと怪しまれるほど甘いつゆだ。むろん、安東のほかの客には出さない。

「で、あるじと千坊にちょいと頼みがあるんだがな」

肴を食べ終えたところで、あんみつ隠密が切り出した。

「何でございましょう」

時吉が訊く。

「千駄木の観音堂の御開帳、おれらも見に行きたくなってよ。ついては、千坊とあるじにも来てもらいてえと思ってな」

あんみつ隠密は肚《はら》に一物《いちもつ》ありげな顔つきで言った。

「千坊も秋から料理人の修業だ。いまのうちに、ほうぼうへ出張《でば》っていきてえだろう？」

万年同心がうまく水を向けた。

「行く」

千吉は元気よく手を挙げた。

「わたしも、でございますか？」

いくらかいぶかしそうに、時吉はたずねた。

「できれば来てもらいてえんだがな」

底に光のある目で、安東満三郎が言った。

時吉はおちよのほうを見た。

「厨はわたしがやるので」

おちよは呑みこんだ顔で言った。

「よし決まった」

あんみつ隠密はすぐさま言った。

「段取りを整えなきならねえんで、明日はちょっとせわしいですな」

万年同心があごに手をやる。

「なら、あさってにしよう。昼の膳が終わる頃合いに来るぜ」

黒四組のかしらは気の入った顔つきで言った。

五

事は段取りどおりに進んだ。

横山町から千駄木までわりかた遠いから、千吉だけは駕籠に乗せることにした。

あとは小走りに駕籠を追う。

その途中で、時吉は安東から仔細を聞いた。それですっかり腑に落ちた。

「それなら備えをしてくればよかったですね」

時吉が言った。

「途中に番屋があるからよ」

あんみつ隠密が答える。

「韋駄天がほうぼうへつないでるんで、そのあたりに抜かりはありませんや」

足を動かしながら、万年同心が言った。

千駄木の観音堂に着いた。

さすがに人気の御開帳で、かなり列ができている。人出をあてこんだ麦湯や冷やし飴、それに団子の屋台も出ていた。

さっそく千吉がみたらし団子を食す。

「うん、おいしい」

わらべは笑みを浮かべた。

「だいぶ駆けてきたから、食い物よりこっちだな」

あんみつ隠密は冷たい麦湯を口にした。

観音堂は存外に安普請で、急ごしらえで建てたような造《つく》りだった。ただし、奥行きだけはあるらしい。

「出るとこはべつにしてあるんですな」

万年同心が指さす。

「そりゃ、客がつまらねえ顔をして出てきたら、入る気がなくなっちまうからな」

あんみつ隠密が言った。

そうこうしているうちに、番が回ってきた。

履物のまま前へ進む。

見物代を払い、怪しげな梵字《ぼんじ》が記された戸を開けると、中はかなり暗かった。周りに黒い幕が張り巡らされている。

「最後の戸をくぐっても、すぐお顔を上げぬように。そのまま前へ進み、座布団にお座りください」

あまり人相の良くない僧が告げた。

「顔を上げたらどうなるんでい」

あんみつ隠密が伝法《でんぽう》な口調で問う。

「仏罰が下りますぞ」

僧はここぞとばかりに三白眼《さんぱくがん》でにらんだ。

「なら、行きますかい」

万年同心は刀の柄《つか》をぽんとたたいた。

今日はどちらも武家のいでたちだ。きちんと刀を差している。

「おう、頼むぜ」

安東満三郎が時吉を見た。

「承知で」

時吉は短く答えた。

一同は最後の戸をくぐり、顔を上げないようにして前へ進んだ。

「座布団にお座りください」

べつの僧の声が響く。

「太鼓が鳴ったら顔を上げ、十数えるあいだ、仏様を拝んでください。それより長く見るのはご法度《はっと》でございます」

僧は重々しく言い渡した。

「よく見るんだぞ、千吉」

時吉は言った。

なぜこの御開帳につれてきたのか、あんみつ隠密たちが段取りを整えたのか、番を待っているあいだひそかに耳打ちしておいた。

「うん」

千吉は引き締まった表情でうなずいた。

どん、と一つ太鼓が鳴った。

一同は顔を上げた。

「一《ひぃ》、二《ふう》、三《みぃ》、四《よう》……」

僧が数を読みはじめる。

だが……。

それが十まで読まれることはなかった。

「あっ！」

千吉が声をあげた。

「あのお仏像だよ。秩父で盗まれた観音さまだよ」

わらべは鋭く指さした。

「観念しな」

あんみつ隠密が立ち上がった。

万年同心と時吉も続く。

「金銀の光背も、去年の御開帳の千手も飾りでくっつけただけだ。その正体は、ほうぼうから盗んできた仏像だ。おめえらの悪事はお見通しだぜ」

あんみつ隠密は啖呵《たんか》を切った。

打てば響くように、万年同心が呼子《よぶこ》を吹く。

捕り方の網はすでに敷かれている。さっそく裏手で「御用」の声があがった。

「しゃらくせいや」

僧に扮していた男は本性を現した。

奥から用心棒とおぼしい男が飛び出してきた。

やにわに抜刀し、時吉たちのほうへ向かってくる。

「うわあっ」

千吉が悲鳴をあげた。

「伏せろ、千吉」

鋭く命じると、時吉はふところに忍ばせていたものを取り出した。

十手だ。

韋駄天侍こと井達天之助が見事につなぎ、番所で十手が時吉の手に渡っていた。

「食らえっ」

やみくもに斬りこんできた敵の剣筋は醜《みにく》かった。

かつて大和梨川藩で右に出る者のない剣士だった時吉はただちに見切り、素早く体《たい》をかわした。

たたらを踏んだところで、逆に踏みこむ。

「ぎゃっ」

十手で鋭く小手を打つと、用心棒の顔がゆがんだ。

すぐさま腕をねじって刀を落とし、みぞおちにひざで強烈な蹴りを見舞う。

用心棒はあっけなく白目をむいて前のめりに倒れた。

「御用だ」

「御用」

捕り方がなだれこんできた。

盗んだ仏像に細工をし、御開帳で荒稼ぎをしていた一味は、こうして一網打尽になった。

六

「また働きだったねえ」

隠居の白い眉が下がった。

「いくたびもかわら版に載るわらべは千坊くらいだよ」

元締めも上機嫌で言う。

「よくお顔を見て憶えてたから」

千吉は厨から得意げに答えた。

秩父などで由緒正しい仏像を盗み、それに細工をして御開帳で荒稼ぎをしていた悪党どもは一掃された。いまの江戸ではその話で持ち切りだ。

「うちのお客さんも感心してたぜ」

座敷から声が飛んだ。

岩本町の名物男の寅次だ。

「それにしても、悪知恵の働くやつらだったな」

野菜の棒手振りの富八が言う。

「じっくり見られたら、御開帳の仏様の按配がおかしいと気づかれるかもしれない。そこで、十数えるあいだだけというふうにしてたんだね。いやはや、何とも」

隠居があいまいな顔つきになった。

「黒い幕を張って暗くしておけば、なおさら気づかれにくいっていう寸法だ」

元締めも和す。

「千手や光背をうしろにくっつけて、さも珍しい秘仏のように見せかけてたわけか。罰が当たるぜ」

湯屋のあるじが吐き捨てるように言う。

「だまされるほうもだまされるほうですがね……お、この人参はやっぱりうめえな」

富八が煮物を食してから言った。

「あるじが京から持ってきた人参だからよ」

寅次が笑みを浮かべる。

「いえ、砂村《すなむら》の義助《ぎすけ》さんが苦労して育てた人参ですから。わたしは種を持ち帰って渡しただけで」

時吉はあわてて手を振った。

縁あって京へ行ったとき、金時《きんとき》人参の種を持ち帰った。それを砂村の義助が育て、この冬からのどか屋にもおろしてくれるようになった。

赤が深く、味も濃い京の人参はなかなかに評判だ。晩冬に収穫されたものはていねいに袋へ入れ、日の当たらないところに大事にしまってあるが、そろそろ尽きてしまいそうだった。

「で、仏様は元の持ち主へ戻るのかい？」

寅次が訊いた。

「そのあたりは、安東さまが抜かりなくやられています」

時吉が答えた。

「韋駄天の井達さまがさっそく秩父へ走っているとか」

おちよが腕を振って走る恰好をした。

「そりゃあ良かったな」

湯屋のあるじはそう言って、蛸《たこ》の酢味噌和えに箸を伸ばした。

蛸をゆでるのはひと苦労だ。

まずわたなどを取り除き、大根おろしでもむようにしてぬめりを取る。

続いて、たっぷりわかした湯に塩を加え、胴体を持って足だけ浸けて五まで数えて引き上げ、八本の足がからまないようにする。ここが難しくて、千吉はべそをかきそうになっていた。これも修業のうちだ。

按配よくゆであがったら鉤《かぎ》に吊るして冷まし、足を一本ずつ切り分けて造りにしていく。水かきのところを切り落としたりしなければならないから、これも勘どころが多い。千吉は四苦八苦しながらこなしていた。

「守り神の仏様がお戻りになられたら、お寺ばかりか、拝んでいた近在の衆もほっとひと息だね」

隠居がしみじみと言った。

「では、それにちなんで……」

おちよが季川の顔を見た。

「発句かい？」

隠居がゆっくりと猪口を置く。

おちよは笑ってうなずいた。

「なら、秩父の空を思い浮かべながら詠《よ》もうかね。もうずいぶん前に行ったきりだが」

俳諧師はそう前置きしてから思案に沈み、しばらく経ってから口を開いた。

「観音の帰るふるさと夏の雲……こんなところで勘弁しておくれ」

季川はそう言うと、おちよに向かって「さあ付け句を」と身ぶりで示した。

おちよは眉間に指を当ててしばし気を集めた。

そして、こう付け句を発した。

「……千手は招く思ひ出の村」

何を思ったか、小太郎がきょとんとした顔で見る。

「もう思い出だね、秩父は」

千吉が大人びた口調で言ったから、のどか屋に笑いの花が咲いた。

第九章　虹の橋

一

次の日の夕方――。

一枚板の席には、あんみつ隠密と幽霊同心が陣取っていた。

去年盗まれて千手観音に仕立てられた仏像の出どころが分かり、元の寺へ戻す段取りがついた。これにて一件落着だ。

「お疲れさまでございました」

時吉が労をねぎらった。

「おう、世話になったな。しばらくはのんびりできるぜ」

安東満三郎が笑みを浮かべた。

「悪い人たちはどうなったの？　平ちゃん」

千吉が訊く。

「そりゃ、あれだけの悪だくみをしたんだ。あの世へ行ってお裁きを受けてもらわねえとな」

万年同心はいくらかぼかして答えた。

おけいとおそめは帰り支度が整った。まだ部屋は二つ空いているが、夜に宿を求めてくる客もいる。

「なら、千ちゃん、またあした」

「またあした」

千吉が元気よく声をかけた。

こうしていったん外へ出たおけいとおそめだが、すぐのどか屋へ戻ってきた。

「お客さま、ご案内です」

おけいが笑顔で告げた。

「猫縁者の方ですよ」

客の荷を提げたおそめも笑みを浮かべた。

「猫縁者の方？」

おちよがのれんのほうを見た。

さては力屋の信五郎とおしのかと思ったが、違った。

のれんを分けて入ってきたのは、日和屋の子之助とおこんだった。

「あっ、猫屋さん」

千吉の顔がぱっと輝いた。

「いらっしゃいまし」

「ようこそのお越しで」

のどか屋の二人の声がそろう。

「子猫をいただいてからだいぶ経ってしまいまして。相済まないことでございます」

日和屋のあるじが頭を下げた。

「お部屋は二階と一階に一つずつ空いておりますが、どちらにいたしましょう。お二階のほうが静かでございますが」

おちよがよどみなく言った。

酔って夜中に宿を求めてくる客もいるから、なるたけ一階の部屋は最後に埋まるようにしてある。

「では、二階で」

子之助が言った。

「お世話になります」

おこんが笑みを浮かべる。

「では、もうひと仕事してきます」

おそめが荷を示した。

おけいも付き添って階段に向かう。

「なら、ちょうど入れ替わりってことで」

あんみつ隠密が腰を上げた。

「たまには家族に孝行もしなきゃならねえからな」

万年同心も続く。

「大変だねえ、平ちゃん」

千吉がまた大人びた口調で言った。

二

「大きくなったわねえ」

ひょこっと座敷に上がってきた小太郎を見て、おこんが目を細めた。

「ほんとに。生まれたての頃はおっかさんが口にくわえて運んでたんですけど」

おちよがそう言って、湯呑みと徳利を運んだ。

子之助は酒で、おこんは茶だ。

まずはのどか地蔵にお参りし、いま座敷に陣取ったところだ。

もうあたりはだいぶ暗くなってきた。時吉がおちよに目配せする。そろそろのれんをしまう頃合いだ。

仕切り直しで、おけいとおそめは帰っていった。千吉はまだ仕込みと掃除があるから、厨の修業が続いている。

「泊まりのお客さんはゆっくりしていってくださいまし。つくれるものはかぎられてまいりますが」

時吉が声をかけた。

「相済みません。見世を閉めてからこちらへ向かうと、急いでもこれくらいの頃合いになってしまうもので」

日和屋のあるじが申し訳なさそうに言った。

「猫ちゃんたちはお留守番ですか？」

おちよがたずねた。

「はい。えさを多めに置いてきましたから、みんなで仲良くやってくれてると思いますけど」

おこんがいくらか案じ顔で答えた。

肴が出た。

まずは金時人参と甘藷と厚揚げのほっこり煮だ。甘みが違う人参と甘藷を、脇で厚揚げがしっかりと固めている。

「ああ、しみるうまさですね」

子之助がそう言って、猪口の酒を呑み干した。

注いだのは、もちろん女房のおこんだ。

そこへ縞のある白猫のゆきが戻ってきた。その母親で、亡くなったのどかの娘のちのも一緒だ。仲がいいから、よく狛犬《こまいぬ》ならぬ狛猫めいた動きをする。体はゆきのほうが大きいので、どちらが親か分からない。

「あっ、おっかさんが帰ってきたよ」

座敷の隅でおのれの体をなめていた小太郎に向かって、おこんが言った。

「おっかさんのしっぽの縞が体に出たんだね」

子之助がゆきを指さす。

「猫の柄は面白いものですね。この子はおっかさんののどかにそっくりで、しっぽが短いだけなんですが」

足元にすり寄ってきたちの首筋をなでながら、おちよが言った。

「そうですね。うちにいただいた子は、おっかさんによく似た猫に育ちそうですけど」

おこんが言った。

「みなさんにかわいがっていただいておりましょうか」

おちよが問う。

「それはもう。いちばんの人気者で」

日和屋のおかみは笑みを浮かべた。

「ところで、名は何とつけられたんです？」

手を動かしながら、時吉がたずねた。

子之助が猪口に手を伸ばして止めた。

顔を見合わせ、ひと呼吸置いてから答える。

「ちさ、と」

日和屋のあるじが告げたのは、昨年亡くなった娘の名だった。

「娘さんと同じ名を?」

おちよが少し声を落としてたずねた。

「ええ。目の大きさがいくらか違うところが、死んだ娘にそっくりでしてね」

子之助が答えた。

「猫のほうのちさは左目の下に黒い線が入っているので、大きさが違って見えるだけなんですけど」

おこんが言う。

「さようですか。それはまるで……」

おちよは言葉を呑みこんだ。

亡くなった娘さんが生まれ返ってきたみたいで、と言おうとしたのだが、悲しみがよみがえってはと思いとどまったのだ。

「おちさ、と呼べば、たまに返事をしたりします」

ややあいまいな顔つきで、子之助が言った。

「みゃあ、ってないて」

おこんがなき真似をした。

「ときどき、十三で死んだうちの娘が生まれ変わってきてくれたのかと思うときもあります」

おちよの思いを察したのかどうか、日和屋のあるじはしみじみとした口調で言った。

「ほんとに、たとえ猫でも……」

今度はおこんが言いよどんだ。

いったん沈んだのどか屋の気を、跡取り息子の声が救った。

「できた」

千吉が右手を挙げた。

「なら、こぼさないようにお運びしな」

時吉が言う。

「はい、師匠」

千吉は素直に答え、盆に二つの椀をのせて運んできた。

「お待たせしました。鯛にゅうめんでございます」

千吉はそう言うと、教わったとおり、椀をていねいに下から出した。

「おお、これはおいしそうだね」

子之助が笑みを浮かべた。

「所作がきれいですね、跡取りさん」

おこんがほめると、千吉はうれしそうな顔つきになった。

そろそろ両国《りょうごく》の川開きの頃合いで、日中は暑気払いの食べ物が好まれるようになってきた。

暑気払いといえば思いつく料理の一つが素麵《そうめん》だ。ただし、冷やして食べるばかりが能ではない。まだこの時分は、夜にぐっと冷えこんだりする。そんな晩は、温かい汁でいただく素麵、すなわちにゅうめんがうまい。

鯛の塩焼きをのせ、葱を散らしただけの簡明な椀だが、評判は上々だった。

「心にしみる味ですね」

おこんが感に堪えたように言った。

「潮の香りのするにゅうめんです。うまいですね」

子之助も和す。

子猫の小太郎が物欲しげに近づいてきた。

「これ、駄目よ」

おちよがたしなめる。

「ちさも食い意地が張ってるんですよ」

おこんが笑った。

「子猫ですからね。でも、お客様の食べ物は駄目よ」

おちよは重ねて言ったが、小太郎はなおも鯛のほうへ身を乗り出してきた。

「だーめ」

千吉が首根っこをつかみ、ひょいと土間に下ろした。

のどか屋に残った子猫がぶるぶると身をふるわせる。

そのさまを見て、日和屋の夫婦が笑った。

三

「お名残《なご》り惜しいですが、見世の支度がありますので」

子之助が言った。

翌朝の朝膳を食べ終え、支度を整えていまから帰るところだ。

「豆腐飯、おいしゅうございました」

おこんも笑みを浮かべる。

「ほんに、あとを引く味で」

子之助がうなずく。

「また来てくださいまし」

見世にはまだ朝膳の客がたくさんいる。てきぱきと手を動かしながら、おちよが言った。

「のどか屋の豆腐飯を食ったら、またのどか屋ののれんをくぐることになるからよ」

「そうそう、おれらみてえにな」

なじみの大工衆が言った。

「はっ、と気がついたらのどか屋にいて豆腐飯を食ってるんだ」

「そりゃ話のつくりすぎだぜ」

にぎやかな掛け合いだ。

「また日和屋さんにも寄らせていただきますので。おちさちゃんにも会いたいし」

おちよが笑顔で言った。

「今日行きたい、おかあ」

厨で手伝いながら、千吉がだしぬけに言った。

「今日？」

「うん。いいお天気だから」

千吉は乗り気で言った。

「昼からならいいぞ」

時吉がおちよのほうを見た。

「いいの？」

と、おちよ。

「ああ。だいぶ遅いが、秩父へ行ったときに留守番をしてもらった代わりだ。たまには羽を伸ばして来な」

時吉は笑みを浮かべた。

「では、猫たちとともにお待ちしておりますので」

おこんの声が弾んだ。

「お団子とお汁粉、ちゃんと仕込んで待ってるからね」

子之助も笑顔で言った。

「うんっ」

千吉はひときわ力強くうなずいた。

四

「そうかい。猫屋さんへ行くのかい」

話を聞いた季川が言った。

「お土産、持ってくの」

千吉は紙袋をかざした。

黒猫のしょうがひょいと前足を上げた。中身は煮干しだから猫の大好物だ。

「途中で取られないようにしなさいよ」

隠居が温顔で言う。

「うん、日和屋の猫さんたちへのお土産だから」

千吉は答えた。

「こっちは気を使わなくてもいい客だから、ゆっくり行っておいで」

元締めの信兵衛が言う。

「では、そうさせていただきます。……あとはお願いね」

おちよはおけいに言った。

「はい。いってらっしゃい」

「お気をつけて」

おそめも見送る。

まずはのどか地蔵にお参りしてから、上野黒門町の日和屋へ向かうことにした。

千吉がしゃらんと鈴を鳴らしてから両手を合わせる。

のどか屋の者ばかりでなく、近在の衆もよくお参りをしてくれるようになった。おかげで鈴の音が折にふれて響く。

長いあいだのどか屋の守り神をつとめ、天寿を全うして眠っているうちに亡くなったのどかを祀ったお地蔵さまに願を懸けると、平穏無事な人生を送ることができる。さらに、苦しまずにあの世へ行くことができる。

いつのまにか、そう言い伝えられるようになった。この分なら、神田の出世不動のように遠くからお参りに来る人が出るようになるかもしれない。

横山町から上野黒門町まで、おちよと千吉は出会った猫の数を数えながら歩いた。

「あっ、またのどかとおんなじ柄だよ」

千吉が天水桶の陰から出てきた猫を指さした。

「そうだね。のどかとおんなじ模様の猫はたくさんいるね」

おちよが言う。

茶と白の縞猫はさほど珍しくない。今日はこれで三匹目だ。

「おまえはのどかかい？」

おちよは声をかけた。

亡くなった猫は毛皮を着替えてこの世に舞い戻ってくる。まことしやかにそう言う人がいる。

いかに天寿を全うした大往生だったとはいえ、のどかは昔から一緒に暮らしてきた猫だ。寂しくないと言ったら嘘になる。できることなら、また生まれ変わってきてもらいたかった。

「違うみたいだよ」

千吉が言った。

「たしかに、だいぶ歳みたいだから勘定が合わないわねえ」

おちよが苦笑いを浮かべた。

「のどかが生まれ変わってくるとしたら、子猫だよ」

「そうだね。初めにお地蔵さまにそうお願いしたから」

おちよはそう告げた。

千吉が「立派な料理人になれますように」とお願いしたあと、おちよは心の中でこう唱えたものだ。

（のどかが生まれ返ってきますように……）

その後も、しばしばお願いはしているのだが、まだそういう巡り合いはなかった。

そうこうしているうちに、上野黒門町に着いた。

「あっ、のれんが出てる」

千吉が指さす。

ねこ、というほっこりとした字が見えてきた。

五

「大きくなったわね、ちさちゃん」

おちよが子猫をあやしながら言った。

「ほんとにお母さんそっくりになると思いますよ」

おかみのおこんが言う。

「目の青いとこもそっくり」

千吉はそう言うと、二串目のみたらし団子を口に運んだ。

「きれいな飾りもつけてもらって、良かったわね」

おちよは青い布でこしらえてもらった飾りにさわった。

しっぽにだけ縞模様が入っている目の青い白猫だから、青い飾りがことに似合う。

「ほかの猫さんと仲良くしてるかい？」

おちよは猫に声をかけた。

「あんまり手を出したりしない子なので、すぐなじみましたよ。……はい、お汁粉のお代わり」

子之助が椀を運んできた。

「わあい」

千吉が喜んで受け取った。

あられの入った日和屋のお汁粉をことのほか気に入ったようだ。

「お客さんに爪を立てたりはしてないかい？」

おちよがなおも問う。

「いい子だよね、ちさは」

おこんが言った。

あやされていた子猫は眠くなったのか、ふわあっとあくびをした。

そこで客が入ってきた。

二人の娘だ。

「あれっ」

片方が声をあげた。

おちよも気づいた。

「まあ、おしのちゃん」

「こんにちは」

千吉があいさつした。

日和屋に入ってきたのは、力屋の娘のおしのとその朋輩《ほうばい》とおぼしい娘だった。

「今日は早めにしまったので、こっちへ来たんです」

おしのは明るい顔つきで言った。

「そう。里子に出したちさちゃんがこんなに大きくなって」

おちよが子猫をかざす。

ちさが「何するにゃ」とばかりに青い目をむいたから、ほかの客も笑った。

「ほんとに人気者なんですよ。ちょこんと前足をそろえて座ったらかわいいし」

力屋の娘が笑みを浮かべた。

お汁粉を食べ終えると、千吉は猫じゃらしを振りはじめた。

「だれが取れるかな?」

そう言いながら、飾りのついた紐を振る。

初めのうちはすぐ猫に取られていたら、だんだんこつが分かってきたらしく、猫たちが飛び跳ねるようにうまく振れるようになった。

「上手《じょうず》、上手」

おしのが笑みを浮かべる。

おちよはふと神棚を見た。神器や護符などのほかに、小さな手鏡や櫛なども立てかけてあった。

去年亡くなった跡取り娘の遺品だろう。見世がよく見えるように、神棚に形見の品を置いたに違いない。そう思うと、何とも言えない気がした。

「ああ、来て良かったねえ」

ややあって、近くに座った客がしみじみと言った。

どこぞの隠居とその女房とおぼしい二人連れだ。

「ほんと。あの子も向こうでこうやって遊んでるんだろうと思うと、だいぶ気がまぎれたわ」

女房が言う。

それを聞いて、おちよは察しをつけた。

こちらのお客さんも飼い猫を亡くされたのだろう。「あの子」とは長年かわいがってきた猫のことに違いない。

「うちの子も、昨年亡くなりましてね」

おちよはそう話しかけた。

「さようですか。猫がいないのがあまりにも寂しいので、今日は思い切って来てみたんです」

白髭《はくぜん》の老爺《ろうや》が穏やかに言った。

「また飼おうかという話もしていたんですが、なにぶん歳なので、あとに遺すことになったらかわいそうですから」

その女房が和す。

「そういう猫ちゃんもうちにいますよ。あの子も引き取って来たんです」

茶を運んできたおこんが三毛猫を指さした。

「そうですか。なら、また飼ってもいいかねえ」

「でも、あの子に悪いから」

「それもそうだな。ここへ来れば気がまぎれるし」

老夫婦はそんなやり取りをした。

「どうぞお越しください。お歳を召した方のお代はいくらか引かせていただいていますので」

ほかの客に汁粉を運んできた子之助が言った。

「そうかい。あきないがうまいね」

老爺の表情がやわらぐ。

「こいつらを食わせていかなきゃなりませんから」

日和屋のあるじは、見世じゅうにわしゃわしゃといる猫たちを手で示した。

その後はおしのをまじえてしばらく話をした。

力屋の入り婿になったやまと、いまの名はぶちもさすがにもう歳で、そうむやみに長生きはしないだろう。そう思うと、一日一日を大切に、前より心をこめてなでてやっていると跡取り娘は告げた。

「それが何よりね」

おちよがうなずいた。

「長生きするといいね」

猫じゃらしを振るのに疲れたらしい千吉も言った。

「虹の橋を渡るときに、向こうで遊んでおいで、と笑顔で見送れたらいちばんなんですけど」

品のいい老婆が言う。

「虹の橋ですか？」

おちよが問うた。

「ええ。あの子が亡くなったあと、ふと空を見ると、きれいな虹の橋がかかっていたんですよ。それを見て、ああ、あの橋を渡っていったんだ、あの子はもうここにはいないんだと思って……」

その言葉を聞いて、近くにいたおこんが続けざまに瞬きをした。

盆を小脇に抱え、あわてて奥へ向かう。

「さようですか。虹の橋を渡って……」

おちよはしみじみと言った。

「本当にきれいな虹でした」

老爺が遠い目で言った。

「出会いがあれば、どうしたって別れもありますからね」

猫の耳飾りをつけた子之助がしんみりとした口調で言った。

そのとき、おちよの頭に、だしぬけに言葉が流れこんできた。

出会ひあり別れもありて虹の橋

その虹の橋が見えるかのようだった。

のどかも虹の橋を渡っていってしまった。ひとたび向こう側へ行ってしまえば、もう会うことはかなわない。こちら側へ帰ってきてくれないかぎり……。

「致し方ありません。命のあるものには、そういうさだめがありますから」

老爺が言った。

「わたしたちも、おっつけ向こうへ行きます。あの子が待っていてくれているかもしれないと思うと、それもなんだか楽しみです」

老婆が笑みを浮かべる。

「のどかも待ってるかな？」

千吉が小首をかしげた。

「千ちゃんはまだ寿命がたんとあるんだから」

おしのがすぐさまそう言ったから、いくらか湿っぽかった場がやっとやわらいだ。

六

「毎度ありがたく存じました。またのお越しを」

最後の客を見送り、深々と頭を下げると、子之助は頭に付けた猫の耳を外した。

ふっと素の顔に戻る。

おこんがのれんをしまい、戸締りを始めた。

「みんな、今日も働きだったね」

日和屋の猫たちに言う。

「ありがたいことだ」

子之助はぽつりと言った。

見世を閉めたあとは、いつもと同じことの繰り返しだ。

まず猫たちの労をねぎらいながらえさをやり、厠の始末をする。

それから、二人で湯屋へ出かける。かつては娘のおちさと三人で出かけていたから、すっかり寂しくなった。

夕飯は帰りに蕎麦屋などに寄って食べることにしていた。子之助は少しだけ酒を呑む。

行きつけのどこの見世にも娘の思い出があった。

ああ、あそこに座っていた。

あの座敷で月見蕎麦を食べていた。

そんなささいなことが、ふとしたことで思い出されてきて、胸がしめつけられるような心持ちになることもしばしばあった。見世では明るくふるまっているが、悲しみの傷は決して癒えてはいなかった。

日和屋に戻ると、汁粉に使う餡の下ごしらえをし、猫のえさと水の具合を見てから寝支度に入る。

奥は狭くて布団を敷けないから、座敷に二手に分かれて寝る。掛け布団の上から猫たちが乗ってきたりするため、いささか寝苦しいこともあるが、これも慣れだ。

「なら、寝るよ」

子之助が先に寝床に入った。

「おやすみなさい」

おこんが眠そうな声で答えた。

それからどれほど経っただろう。

子之助は夢を見ていた。

大川だろうか、どうやら舟に乗っているようだ。

しかし、行けども行けども橋の姿が見えてこない。

「もし、船頭さん」

頰被りをした船頭に声をかけたが、返事はない。黙々と櫓《ろ》を動かしている。

ややあって、ようやく行く手に橋が見えてきた。

ただし、永代橋《えいたいばし》でも両国橋でもなかった。

虹の橋だ。

（ああ、見世で聞いた虹の橋はあれか……）

夢の中で、子之助はぼんやりとそう思った。

橋のなかほどに人影が見えた。

いやにほっそりとした影が手を振っている。

そのしぐさに見憶えがあった。

（おちさだ……）

そう思ったとき、景色があいまいに薄れ、橋も舟も見えなくなった。

胸が重かった。

猫が乗って、前足を互い違いに動かしてふみふみをしている。

子之助は手を伸ばし、猫の首筋にさわった。

ごろごろとのどを鳴らす音が高くなる。

どの猫が乗っているか、背からしっぽまでたしかめると察しがついた。

まだ小さい。

ちさだ。

そう思った刹那、先ほど夢で見た虹の橋がくっきりとよみがえってきた。

橋のなかほどで手を振っていた人影も、また。

「おちさ……」

子之助は声を発した。

「おちさ」

父は娘の名を重ねて呼んだ。

のどを鳴らす音がいちだんと高くなる。

「帰って来てくれたのかい……おまえはやっぱり、娘の生まれ変わりだったのかい？」

その声を聞いて、おこんが目を覚ました。

「どうしたの、おまえさん」

子之助に声をかける。

「ちょいと起きるからな」

猫の首筋をとんとんとたたくと、日和屋のあるじは身を起こした。

おこんが来る。

子之助は手短に仔細を伝えた。

「おまえはうちの看板娘だから、って、あの子になんべんも言ってたから」

おこんは少しかすれた声で言った。

「看板娘をやりに、戻ってきたんだよな」

子之助はそう言って、ちさの背中をやさしくなでてやった。

「ありがとうね、おちさ」

おこんが言った。

「ほんとに、小さくなっちゃって……」

その先は言葉にならなかった。

おこんも猫をなでてやった。

本当の娘の体をいつくしむようになでる。

「ずっと、一緒にいような」

子之助が言った。

ちさがのどを鳴らす。

「もう虹の橋を渡って、遠くへ行ったら駄目だぞ」

「……ここに、いて」

おこんはようやくそれだけ言った。

日和屋の二人は、なおもしばらく子猫をなでた。

夜のしじまに、猫が気持ちよさそうにのどを鳴らす音だけが響いた。

第十章　最期の味

一

両国の川開きが近づくと、日の光の色がいちだんと濃くなる。

そんな時分の昼下がり、のどか屋の一枚板の席に総髪の儒学者が座った。

「千吉さんの手習いも、あと少しですね」

春田東明は穏やかな顔つきで言った。

「はい」

千吉が素直に答える。

「手習いがもうじき終わって寂しくはないかい?」

隠居が温顔でたずねた。

「ちょっと寂しいけど、また会えるし」

厨の手伝いをしながら、千吉は答えた。

「そうだね。いつの日か千吉さんが見世を継ぐことになれば、一緒に学んだ友がお客さんとして来てくれるかもしれないよ」

手習いの師匠が言う。

「そうなったら、いっぱいおいしいものを出すよ」

千吉は笑顔で言った。

「手習いが終わっても、学びはこの先ずっと続くからな」

時吉が言った。

「うん。じいじ……じゃなくて、大師匠の見世で秋から修業するから」

千吉は引き締まった顔つきで答えた。

「それだけじゃなくて、書《ふみ》も読まなきゃ駄目よ。おとうは暇を見つけては料理の書を繙《ひもと》いてるんだから」

おちよがさとすように言った。

「はい」

千吉がうなずく。

「いい返事だね」

隠居の目尻が下がった。

「これなら行く先々まで大丈夫でしょう」

春田東明が太鼓判を捺《お》したとき、どやどやと客が入ってきた。

「いらっしゃいまし」

おちよの声が弾んだ。

のどか屋に姿を見せたのは、よ組の火消し衆だった。

二

「神田のほうはいかがですか？」

おちよが酒を運びがてらたずねた。

「だいぶ普請も進んでるよ。火が出ても、わっと力を出して立て直すのが江戸の衆だからな」

かしらの竹一が言った。

「底力があるからよ」

纏持ちの梅次が身ぶりをまじえて言う。

「ただ、気落ちして立て直せねえとこもありまさ」

「そうそう。体の弱った年寄りで、焼け出されたまんま身寄りがねえ人も」

「そういった気の毒なところが、町ん中にまだらに残ってたりするんで」

火消し衆が口々に言った。

「みんながみんな立て直せるわけじゃありませんからね」

おちよがあいまいな顔つきになった。

「去年の暮れに出ちまった浅草の火事だって、まだ立て直せてねえとこはいろいろあるらしいや」

よ組のかしらが言う。

「火事で亡くなる人ばかりじゃなく、焼け出されてから難儀をして亡くなる人もいますからね」

おのれも焼け出されて苦労したことがあるおけいが顔を曇らせた。

「そのとおりだ。真新しい普請ばっかりに目が行くが、そういったとこも忘れねえようにしねえとな」

竹一が言った。

「忘れないのがいちばん大切なことですね。焼けてしまった町も、亡くなってしまった人も」

　春田東明がしみじみと言った。

「そうだね。忘れなければ、町も人も、憶えているその人の心の中でずっと生きつづけていくから」

　隠居がうなずく。

「猫だってそうだよ。のどかのことは忘れないよ」

　鮎の塩焼きをつくりながら、千吉は言った。

「のどかはお地蔵様になったんだからな」

「ええもんだ」

「町の守り神だからな」

　と、火消し衆。

「それはいい心がけだね。のどかもきっと喜んでいるよ」

　手習いの師匠が笑みを浮かべた。

「うん」

　千吉は笑みを浮かべた。

「それはいいけど、団扇《うちわ》が止まってるぞ。煙が鮎に当たらないようにあおいで火を通せ」

時吉がたしなめた。

「はい、師匠」

千吉はあわてて手を動かした。

ほどなく、鮎の塩焼きができあがった。

今日は玉川《たまがわ》のほうから活きのいい鮎が入った。鮎は天麩羅《てんぷら》も背越しもうまい。田楽《でんがく》や山椒煮などでもいける。

しかし、やはりうまいのは塩焼きだ。三杯酢でのばした蓼酢《たです》をつけ、頭からがぶりとかぶりつけば、まさに口福の味だ。

「うめえ」

「このあつあつがたまんねえや」

「はふはふ……」

座敷のほうぼうで笑顔の花が咲いた。

「腕が上がったねえ、千坊」

隠居が感に堪えたように言った。

「ひれの反《そ》り具合などもきれいに決まっていますね」

春田東明もほめる。

「修業したから」

千吉が胸を張って答えた。

「そりゃ心強いや」

「じいじんとこで修業したら、江戸一の料理人になるぜ」

「いや、日の本一でい」

火消し衆があおる。

「気張ってやるんで」

千吉はいい笑顔で答えた。

三

その日の夕方――。

急ぎ足で入ってきた客がいた。

「まあ、先生」

おちよが目を瞠った。

のどか屋ののれんをくぐってきたのは、本道の医者の青葉清斎だった。

「今日はちょっと頼みごとがありまして。診療所を弟子に任せて早駕籠でこちらにまいりました」

清斎はいつもより早口で告げた。

座敷の火消し衆はとうに腰を上げ、隠居も帰っていった。いま一枚板の席に陣取っているのは、七つ（午後四時）ごろに姿を現した元締めの信兵衛だけだ。

「どういう頼みごとでしょうか」

茶の支度をしながら、時吉はたずねた。

「はい。うちの診療所の奥に、長患いの患者さんのための長屋を建てていただきました。そこにいくたりか入っていただいているのですが……」

ここで茶が出た。

さっそく少し啜り、清斎は続けた。

「そのなかに、須田町《すだちょう》で長年、楊枝《ようじ》づくりを続けてきた清造《せいぞう》さんという方がおられましてね。気の毒につれあいと跡取り息子に先立たれ、体も悪くして困っていたところ、弟子のみなさんが助け金を出し合ってうちに入っていただくことになったんです。で、その清造さんの具合がいよいよ悪くなってしまいましてねえ……」

清斎はさらに茶を呑んだ。

「それはお気の毒に」

おちよが憂い顔で言った。

「平生はうちから薬湯や粥など、身の養いになるものをお出ししていたのですが、それも効なく、明日いっぱいもつかどうかという病勢になってしまわれたんですよ」

清斎は沈痛な面持ちで言った。

「じゃあ、頼みごとはうちに？」

千吉が先読みをしてたずねた。

「そのとおりだよ、千吉ちゃん」

清斎の表情がやっと少しやわらいだ。

「身寄りのない清造さんは、もう早くあの世へ行きたいとおっしゃってるんだが、ただ一つ、望みがあるとすれば、昔は高嶺《たかね》の花でなかなか食べられなかった玉子の料理をもう一度食べたいということでね」

「なるほど、玉子料理を」

時吉は呑みこんだ顔になった。

「それと、人参も好物なので、時季外れだがもしできれば向こうへ行く前に口にしたいという望みで」

「砂村の金時人参が一本だけまだ残ってますので」

おちよが告げた。

「ああ、それを使っていただければ」

清斎は軽く両手を合わせた。

「では、玉子焼き飯と人参の煮物などでいかがでしょうか」

時吉が問うた。

「ええ、ただ……もう身を起こすこともかなわない病勢で、かむ力も弱っておられるのですよ」

清斎は気の毒そうに告げた。

「なら、お粥がいいんじゃないかねえ」

元締めが知恵を出した。

「さようですね。玉子粥をつくり、花びらの形にしてやわらかく煮た人参を散らせばいかがでしょう」

時吉の頭にぱっと絵が浮かんだ。

「いいですね。お吸い物もあれば、なおよろしいかと」

清斎がうなずく。

「では、かき玉汁に人参を散らしましょう。ただ、あいにく今日は玉子を切らしております。明日の昼前には入るあてがあるんですが……」

時吉は申し訳なさそうに言った。

「分かりました。では、昼過ぎに弟子に取りに越させましょうか」

清斎が言った。

それを聞いて、おちよはふとひらめいた。

ここはわたしが行かなければ……。

そんな勘ばたらきがあったのだ。

「わたしが倹飩箱を提げてお届けに上がります」

おちよがそう申し出た。

「お見世はいいのですか？」

清斎が問う。

「厨の手伝いが増えたので大丈夫です」

時吉が代わりに答えた。

「わたしのことだよ」

千吉がおのれの胸を指さす。

「それは頼もしいね」

医者の顔にやっと少し笑みが浮かんだ。

「お弟子さんには診療所のつとめがおありでしょうから、わたしがしっかりとお届けします」

おちよが引き締まった顔つきで言った。

「それはありがたいです。清造さんも喜ばれると思います。楊枝づくりの名人と言われた方の、最後の頼みごとですから」

と、清斎。

「気を入れておつくりしますので」

時吉は力強く請け合った。

四

玉子粥がほっこりと煮えた。

かき玉汁もうまそうに仕上がった。支度が整った。

「じゃあ、行ってきます」

おちよは倹飩箱を提げた。

「ああ、気をつけて」

「行ってらっしゃい」

時吉と千吉が声をかけた。

「あとはお願いね」

女たちに声をかける。

「はい、承知しました」

「呼び込みにも行ってきますので」

今日はおけいとおそめだけではない。おこうも助っ人に来てくれているから安心だ。

のどか屋を出たおちよは、まずのどか地蔵にお参りをした。

いくらかあいまいなところもあったが、ゆうべ見た夢にのどかが出てきた。

夢で見たのどかはだいぶ小さくなっていた。虹の橋を渡って向こうへ行ったら、こんなに小さくなるのか、と思ったところで目が覚めた。

無事、清造さんに召し上がっていただけますように……。

そう祈ると、おちよは竜閑町へ向かって歩きだした。

むろん、駕籠のほうが速いが、揺れて汁がこぼれでもしたら台無しだ。おちよはぬかるみに足を取られないように慎重に歩を進めた。

すぐには着かないから、道々、さまざまなことを考えた。

わが身が清造さんと同じになったとしたら、最期に何を食べたいと望むだろう？

好物はたんとあるけれど、もうかむ力も衰えてしまっているとしたら……。

あれこれと思い浮かんだが、値の張るものではなく、やはりのどか屋の料理がいい。

そこには思いもこもっている。

豆腐飯と味噌汁。

ただそれだけでいい。豆腐飯はのっている豆腐だけでもいい。味噌汁の具は葱と油揚げだけでもいい。

向こうへ行く前に、それだけゆっくり味わって、「ああ、この世に生まれて、気張って生きてきて良かった」としみじみと感じてから箸を置きたい。

おちよは心の底からそう思った。

とともに、いま倹飩箱に入っている料理が、清造さんにとってそういうものになるようにと祈った。祈らずにはいられなかった。

そうこうしているうちに、竜閑町に着いた。

まだ木が若い、清斎と羽津の診療所が見えてきた。

五

診療所の厨であたため直し、手が空いていた羽津の弟子の綾女とともに奥の長屋へ運んだ。

入口には雉柄の子猫がちょこんと座っていた。のどか屋からもらわれてきた子猫は、ちゃんとつとめを果たしているらしい。

「さ、清造さん、のどか屋さんが玉子粥を届けてくださいましたよ」

床に伏している清造に向かって、産科医の弟子が声をかけた。

「横山町ののどか屋でございます。かき玉汁もございますので」

おちよは笑みを浮かべてあいさつした。

綾女と二人がかりで病人の身を起こす。

病み衰えた清造の体は枯れ木のようになっていた。それでも、楊枝づくりのほまれの指だけは以前の面影をとどめていた。往時は孜々《しし》として動き、いい品を江戸の衆に届けていた指だ。

「さ、お熱いうちに」

おちよが匙を口元に運ぶ。

手を拭きながら、清斎もあわてて入ってきた。患者の診察が一段落ついたらしい。

「……すまねえ」

短く言うと、清造は口を開けた。

やわらかく煮えた金時人参の花びらがちらほらとまじった玉子粥が、元職人の胃の腑へ流れていく。

清斎とおちよの目と目が合った。

わずかにうなずき、さらに匙を動かす。しばらくは無言の食事が続いた。

「お汁もいかがでしょう」

おちよは椀を手に取った。

かき玉汁を少し呑むと、清造は「ほっ」と一つ息をついた。

「いかがですか？」

清斎が穏やかな表情で問うた。

「……うめえ」

いくらか間を置いて、清造は喉の奥から絞り出すように答えた。

さらに玉子粥を食す。

「人参も、うめえ。桜の花みてえだ」

楊枝づくりの名人だった男は、そう言っていくたびも瞬きをした。

「あいつらと、花見をした」

清造は遠いまなざしで言った。

先に逝《い》ってしまった家族のことだろう。

「みんな、待ってる」

病み衰えてしまった男はゆっくりとうなずいた。

そして、おちよのほうを見て言った。

「向こうへ行ったら、言ってやりまさ。最期に、うめえものを食わせてもらったって。ふるえるくれえに、うまかったって。……ありがとよ」

清造はゆっくりと頭を下げた。

おちよも頭《こうべ》をたれた。

言葉にはならなかった。

ここまで倹飩箱を運んできて良かった。

おちよは心の底からそう思った。

「さ、もう少し」

綾女が匙を口元に運ぶ。

清造はいつくしむように残りの粥を味わっていった。

人生の最期の味や玉子粥

おちよの頭の中に発句が流れてきた。

その味が、舟を操る櫂《かい》のごときものになることをおちよは祈った。

祈らずにはいられなかった。

六

「では、これで」

空《から》になった倹飩箱を提げたまま、おちよは一礼した。

「わざわざお運びいただいて。助かりました」

羽津が礼を述べた。

忙しい清斎はすぐ診療に戻り、入れ替わるように羽津が出てきた。

「おつくりした甲斐がありました」

おちよは情のこもった声で言った。

「また、そのうちうかがいますので」

女医が言う。

「わたしも食べたくなったくらいで」

綾女が笑みを浮かべた。

おちよは手短にのどか屋の玉子粥のつくり方を伝えた。羽津と綾女はすぐさま憶えたようだった。

「では、またお越しくださいまし。お待ちしています」

おちよはそう言うと、寄ってきた子猫を少しなでてやってから、空になった丼と椀を入れて引き返していった。

ただし、まっすぐ横山町へは向かわなかった。

あるところに寄りたかったからだ。

出世不動だ。

のどか屋が三河町にあったころ、まだ千吉が生まれる前、このお不動さまにいくたびもお参りをした。

大火のあと、ゆくえ知れずになってしまって半ばあきらめたのどかに、時吉が巡り合ったのもここだ。

どうあっても、お不動さまへお参りしておかなければ……。

おちよにはそんな勘ばたらきがあった。

短い石段を上り、倹飩箱を置く。

鈴を鳴らし、両手を合わせて目を閉じる。

のどか屋も、お客さんも、江戸の人たちも、災いや苦しみがなく、楽しく暮らせますように。

そして、のどかが……。

そこまで頭の中で願いごとを告げたとき……。

だしぬけに猫のなき声が響いた。

おちよは目を開けた。

「みゃあ……」

いくらか離れたところに、子猫がいた。

茶と白の縞猫だ。

おちよは続けざまに瞬きをした。

「のどか？」

小声で問う。

子猫は、そろっと近づいてきた。

「おまえは、のどかかい？」

まさかとは思いつつも、おちよは重ねて問うた。

まだ幼いが、柄ばかりでなく、目つきと顔立ちもそっくりだ。

子猫はなおも近づいてきた。

「……おいで」

おちよは両手を伸ばした。

子猫は一瞬びくっとしたが、逃げ出そうとはしなかった。

同じ柄の猫はたくさんいるが、見れば見るほどのどかに似ていた。

「おいで……よしよし」

おちよは子猫をだっこして、その体を仔細にあらためてみた。

のどかの左の前足には花びらのような模様があった。そこを見ると、まだ色は薄いが、子猫にも同じものが浮かんでいた。

「おまえは……のどかだね？」

おちよの声音《こわね》が変わった。

「みゃあ」

子猫のなき声が高くなった。

そうだにゃ。

見つけてくれてありがとう……。

そう告げているような気がした。

急に目の前がぼやけてきた。

「おうちへ帰ろうね。みんな待ってるから」

子猫をあやしながら、おちよは言った。

いま胸に抱いているもののぬくみが、心底ありがたかった。

「よく帰ってきたね、のどか。よく帰ってきたね」

おちよはいくたびも同じことを繰り返した。

「さ、お入り」

おちよは子猫を倹飩箱に入れた。

べつに抗《あらが》いはしなかった。

きょとんとした目で、空《から》の椀を見る。

「一緒に帰ろうね、のどか」

やさしく言って、おちよは倹飩箱の蓋を閉めた。

ほっ、と一つ息をつく。

夢ではなかった。

手に提げた倹飩箱は、子猫の分だけたしかに重くなっていた。

最後に、おちよは出世不動に向かって深々と頭を下げた。

そして、またのどか屋へ向かって歩きはじめた。

終章　守り神ふたたび

一

「そんなこともあるんだねえ」

一枚板の席で、長吉が首をひねった。

「わたしも初めは半信半疑だったんですが」

揚げ茄子《なす》をつくりながら、時吉が言った。

「でも、ほんとにのどかだったよ」

千吉が笑顔で言った。

のどか屋の土間に下りるなり、子猫は前足をそろえて伸ばし、ふわあっと大きなあくびをした。

ずいぶん長く寝たけど、やっとおうちへ帰ってきたにゃ……。

そんなしぐさに見えた。

ほかの猫たちは、むろん当初は警戒していた。新入りを威嚇した猫もいる。

しかし、しばらく経つと様子が変わってきた。ことに、のどかの娘のちのは、いくたびも子猫の体をなめ、においを嗅いでいた。

どうも猫なりに常ならぬものを感じたらしい。

「やっぱり、お地蔵さまのご利益かねえ」

隠居が笑みを浮かべた。

「きっとそうですよ。いくたびもお願いしてましたから。『のどかが生まれ変わってきますように』って」

おちよが言う。

「おまえは看板猫をやりに帰ってきたのか。偉《えれ》えな」

座敷に陣取った岩本町の名物男が子猫に言った。

「これでのどか屋はますます安泰だな」

野菜の棒手振りの富八が和す。

「跡取り息子はいよいよ秋から修業だしよ」

寅次が厨のほうを指さした。

「厳しく仕込んでやるからな」

そう言いながらも、長吉の目は笑っていた。

「よろしゅうお願いいたします」

千吉はていねいに頭を下げた。

「おう、その調子だ。兄弟子《あにでし》にも礼を尽くせ」

「はい」

千吉はいい声で答えると、揚げ茄子の仕上げに入った。

今日は二種盛りだ。

片方は生姜醤油、もう片方は田楽味噌。甘辛の二種を楽しむことができる。

「堂に入った料理人ぶりじゃないか」

隠居がすぐさまほめた。

「ありがたく存じます」

千吉が礼をする。

「そうそう。何はさておき、まず礼だ」

古参の料理人が教える。

時吉は頼もしそうに跡取り息子を見た。

足が曲がっていたから厨仕事はどうかと案じていたせがれが、ずいぶん背丈が伸び、秋から料理の修業に出るまでに育ってくれた。

そう思うと、感慨もひとしおだった。

「お、寝ちまったぜ」

座敷で寅次が言った。

「気持ちよさそうに寝てら」

富八が指さす。

「ここがおうちだもんね」

おけいが言った。

「おかえり、のどか」

おちよが少し身をかがめて、やさしく声をかけた。

まだ細い子猫のしっぽが、ふる、と揺れた。

二

「猫の生まれ変わりの話は、お客さんからもときどき聞きますので」

日和屋の子之吉が笑顔で言った。

今日は泊まりではなく、近くに鰹節や煮干しなどを仕入れに来た帰りだ。外はもうだいぶ暗くなってきている。

「さようですか。じゃあ、やっぱりおまえはのどかだね？」

子猫の背をなでながら、おちよが言った。

「以前と同じところがお気に入りなんですから、間違いないでしょう」

おかみのおこんも子猫を見て言った。

空き樽の上に箱を置き、按配のいい布を敷いたら、のどかはすっかり気に入って、よくそこで眠るようになった。

「今日はいい日和だね、のどか」

「のどかはいつも気持ちよさそうに寝てるな」

「見てるだけでほっこりするわ」

通りかかった人が口々に言って、のどかをなでていった。

その守り神ののどかが死んでしまって、一時はぽっかりと穴があいたようになってしまったけれど、いまは違う。ぎゅっと小さくなった猫が同じ箱の中で眠るようになったからだ。

「うちも、いただいた子猫のちさが娘の生まれ変わりだと思って、前を向いてやってます」

子之助が言った。

「さようですか。娘さんの」

おちよがうなずく。

「ほかの猫にはもう慣れましたか」

里親の時吉がたずねた。

「ええ。時にはけんかもしながら、仲良く暮らしてます」

おこんが笑みを浮かべた。

「修業に入ったら行けなくなるけど、ちさちゃんによろしくね」

厨の掃除をしながら、千吉が言った。

「伝えておくよ。そうか、もうそろそろ修業入りだね」

と、子之助。

「うん。おいしいお汁粉とお団子もつくるよ」

千吉はそう言って二の腕をたたいた。

「じゃあ、元気でね、二代目さん」

子之助は少しおどけて言った。

「のどか屋さんは猫も料理人も二代目なんですね」

おこんが笑った。

「おかげさまで……ありがたいことです」

おちよはそう答えて、またのどかの背中をなでてやった。

ごろごろとのどを鳴らす音が、またいちだんと高くなった。

三

ほうぼうから便りや知らせが届いた。

道明和尚からは文が来た。

仏像を盗まれて嘆いていた寺には無事ご本尊が戻り、秩父の衆もいたく喜んでいる。

過日は大変に世話になった、と達筆でしたためられていた。

返事はおちよが書いた。

のどか地蔵は遠くからもお参りに来る人がいるほどで、秩父の名工の手になる猫のお地蔵さまは尊崇を集めている。そのご利益か、守り神ののどかにそっくりな子猫が見つかったので、生まれ変わりだとしてみなでかわいがっている。

おちよは弾むような文面で告げた。

竜閑町の青葉清斎のもとからは、弟子の文斎と綾女が薬の仕入れがてら知らせを持ってきた。

長患いをしていた楊枝づくりの清造がとうとう亡くなったらしい。

ただし、のどか屋の玉子粥とかき玉汁が身の養いになったのか、その後しばらくは寿命があった。清造は毎日のように玉子粥を味わい、安らかに旅立っていったということだった。

「苦しまずに逝かれたので、それだけは救いでした」

文斎が告げた。

「ほんに、つくり方を教えていただいた玉子粥をさらにいくたびも召し上がっていただきました」

綾女も和す。

「さようですか。それなら、おつくりした甲斐がありました」

おちよは倹飩箱を届けた日のことを思い出して言った。

それから、帰りに出世不動でのどかの生まれ変わりの子猫を拾ったという話を伝えた。

医者を志す若い二人は、決して一笑に付したりはしなかった。

「お地蔵さまにお不動さま、何かのお導きかもしれませんね」

綾女はそう言って笑みを浮かべた。

「帰ったらさっそく伝えておきます。清斎先生も喜ばれるでしょう」

文斎も白い歯を見せた。

品川のくじら組の大工衆も顔を見せてくれた。

初次郎はすべての修業を終え、いよいよひとかどの大工として遇されるようになった。

「歳を食ってから始めたのに、よく気張ったよ」

棟梁の卯之吉が目を細めた。

「へい、おかげさんで」

のどか屋につとめていたおしんの父は深々と礼をした。

「つくっていただいたのどか地蔵の祠も、だんだん風格が出てきたような気がします」

おちよが告げた。

「ありがてえことで。こうやって、おのれの手でつくったものが大事にされてるのを見ると、いい仕事をしなきゃっていう気になりまさ」

若くして死んだせがれの後を継いだ男は、感慨深げに言った。

四

こうしてそれぞれの人生の輪が回り、夏の光がいちだんと濃くなってきた。

空き樽の上だといささか暑い。子猫ののどかは土間へ移るようになった。

「寒いときにはあたたかいところ、暑いときには涼しいところ。猫ってのは気持ちのいい寝場所を探す名手だね」

隠居がのどかを見ながら言った。

「ほんに、そうですねえ。のどかもだんだん猫らしくなってきて」

　おちよが言う。

「一年前は、のどかもだいぶ年が寄って来て、と案じていたのですが」

　時吉が笑みを浮かべた。

「思いがけず、二代目になったからねえ」

　元締めがそう言って、よく冷えた酒を口に運んだ。

　肴は冷奴に枝豆。とりあえずはそれでいい。

　表からわらべたちの声が響いてくる。

　千吉が朋輩と遊んでいるのだ。

　寺子屋もいよいよ残りわずかで、お別れの宴の日取りも決まった。それが済めば、いよいよのどか屋を離れ、長吉屋で住みこみの修業になる。

　祖父の見世だから一応のところは安心だが、千吉はいちばんの新入りで、まわりは兄弟子だらけだ。果たしてうまくやっていけるかと案じる心持ちもないではなかった。

「おや、お目覚めかい」

　隠居が言った。

　土間ののどかがふわあっとあくびをしたかと思うと、子猫なりに大きな伸びをして目を覚ました。

ちょうど通りかかったちのと鼻をすりあわせる。二代目のどかは、ほかの猫たちともすっかりなじんだ。

ゆきとしょう、それに小太郎も達者だ。ゆきが小太郎を生んだかと思ったらのどかが来て、若い猫が二匹になった。折にふれて追いかけっこをして遊ぶからにぎやかだ。

「今日もねこ日和で良かったね」

おちよが思い思いにくつろいでいる猫たちに声をかけた。

「はは、そこで一句」

隠居が笑って声をかける。

おちよは「来ましたね」という顔つきになり、しばし思案にふけった。

そして、こう発句を示した。

「……平らかや江戸はいつでもねこ日和」

昨年の暮れからまた火事が続いてしまったけれど、やっぱり平穏無事な江戸がいい。

それがいちばんだ。

「なるほど」

隠居がうなずく。

「では、師匠、付け句を」

おちよが身ぶりをまじえて言った。

「さて、困ったね」

隠居は白くなった髷に手をやった。

千吉と朋輩の声が明るく響く。

「わらべも江戸の宝なりけり……こんなところで勘弁しておくれ」

隠居は笑って言った。

ほどなく、どやどやとその「江戸の宝」たちが入ってきた。

「これが生まれ変わってきた猫？」

「子猫じゃない」

「そりゃそうだよ。生まれ変わってきたんだから」

わらべたちはにぎやかだ。

「餡巻きでも食べるか？」

時吉が声をかけた。

「うん」

「食べる」

「おいしそう」

次々に手が挙がった。

「じゃあ、つくってあげよう」

千吉が乗り気で言った。

「千ちゃんがつくるの？」

「ああ。得意だから」

「わあ、すごい」

「楽しみ」

わらべたちの声が弾む。

「よし。なら、厨を代われ」

時吉が笑って言った。

「餡巻きのあと、何か渋い肴もつくっておくれ」

元締めが頼む。

「へい、承知で」

ひとかどの料理人の面構えで、千吉は請け合った。

いつのまにか、子猫ののどかはおちよにだっこされていた。

「ほら、あの千吉がつくるんだよ。初代のおまえのほうが年上だったのにね」

おちよはおかしそうに言った。

見世の横手のほうで、しゃらしゃら、と鈴の音が響いた。

またどれかのどか地蔵にお参りしてくれたらしい。

「わあ、上手」

「千ちゃん、気張れ」

千吉が手を動かしだすと、わらべたちがのぞきこんで声をかけた。

「ほら、餡巻き、気張ってって」

子猫をあやしながら、おちよも言う。

手慣れた様子で、千吉は餡巻きを次々に仕上げていった。

ぷうんと香ばしい匂いが漂う。

「はい、お待ち。のどか屋自慢の甘い餡巻きでございます」

千吉は調子のいい声をあげた。

そして、最初の皿をしっかりと下から差し出した。

［参考文献一覧］

『復元・江戸情報地図』（朝日新聞社）
日置英剛編『新国史大年表　五-II』（国書刊行会）
今井金吾校訂『定本武江年表』（ちくま学芸文庫）
西山松之助編『江戸町人の研究　第三巻』（吉川弘文館）
三谷一馬『江戸看板図聚』（中公文庫）
野崎洋光『和のおかず決定版』（世界文化社）
道場六三郎『鉄人のおかず指南』（中公文庫ビジュアル版）
金田禎之『江戸前のさかな』（成山堂書店）
『人気の日本料理2　一流板前が手ほどきする春夏秋冬の日本料理』（世界文化社）
鈴木登紀子『手作り和食工房』（グラフ社）

川口はるみ『再現江戸惣菜事典』（東京堂出版）
田中博敏『お通し前菜便利集』（柴田書店）
福田浩、松下幸子『料理いろは庖丁　江戸の肴、惣菜百品』（柴田書店）
大久保恵子『食いしんぼの健康ごはん』（文化出版局）
車浮代『さ・し・す・せ・そで作る〈江戸風〉小鉢&おつまみレシピ』（ＰＨＰ）
畑耕一郎『プロのためのわかりやすい日本料理』（柴田書店）
土井勝『日本のおかず五〇〇選』（テレビ朝日事業局出版部）
『一流料理長の和食宝典』（世界文化社）

時代小説
二見時代小説文庫

江戸《えど》ねこ日和《びより》　小料理《こりょうり》のどか屋《や》 人情帖《にんじょうちょう》22

著者　倉阪鬼一郎《くらさかきいちろう》

発行所　株式会社　二見書房
東京都千代田区神田三崎町二-一八-一一
電話　〇三-三五一五-二三一一［営業］
　　　〇三-三五一五-二三一三［編集］
振替　〇〇一七〇-四-二六三九

印刷　株式会社　堀内印刷所
製本　株式会社　村上製本所

ISBN978－4－576－18025－0
http://www.futami.co.jp/

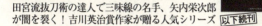